愛知大学綜合郷土研究所ブックレット

20

東海地方の中世物語

沢井耐三

●目　次●

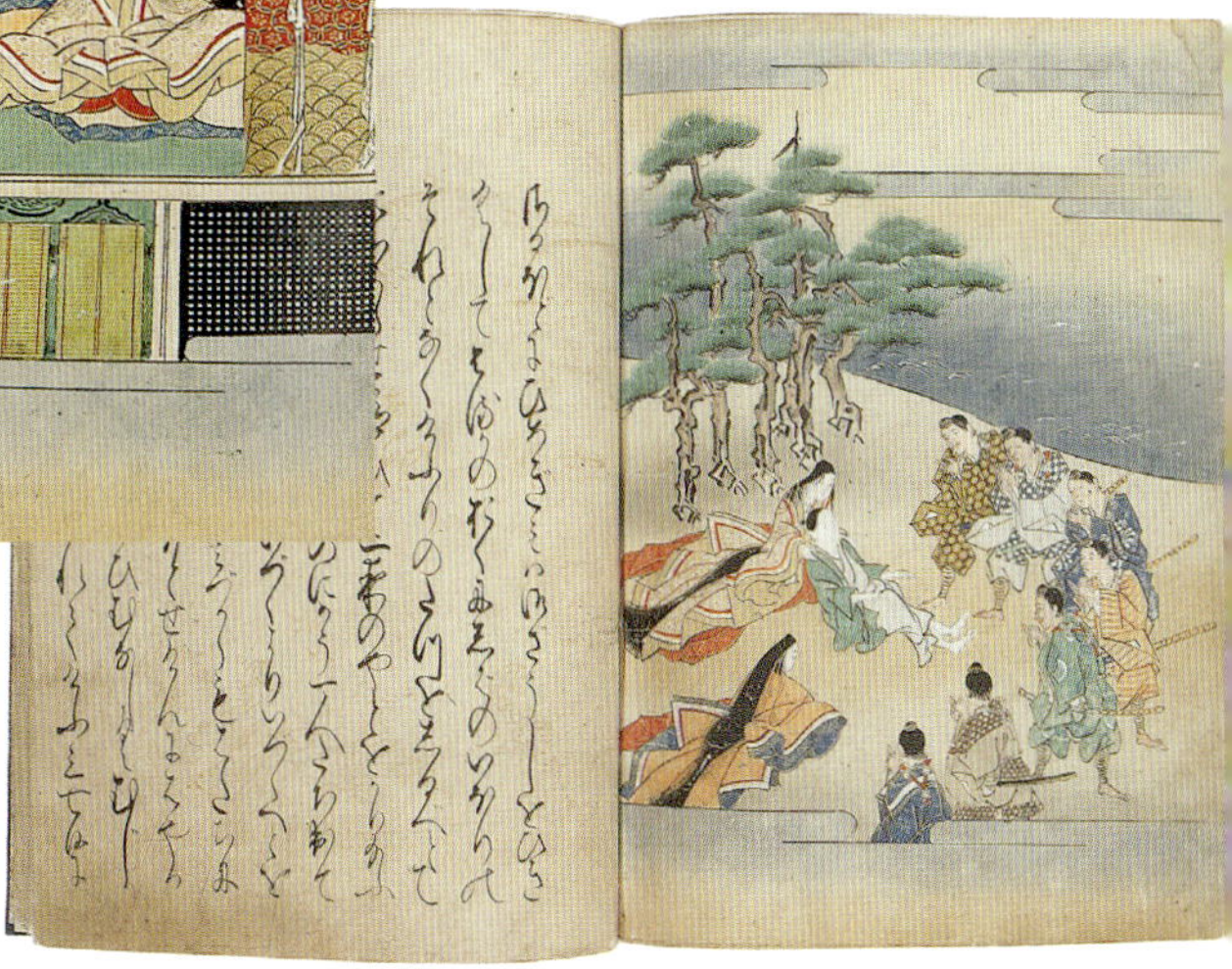

『浄瑠璃姫物語』
（西尾市岩瀬文庫）

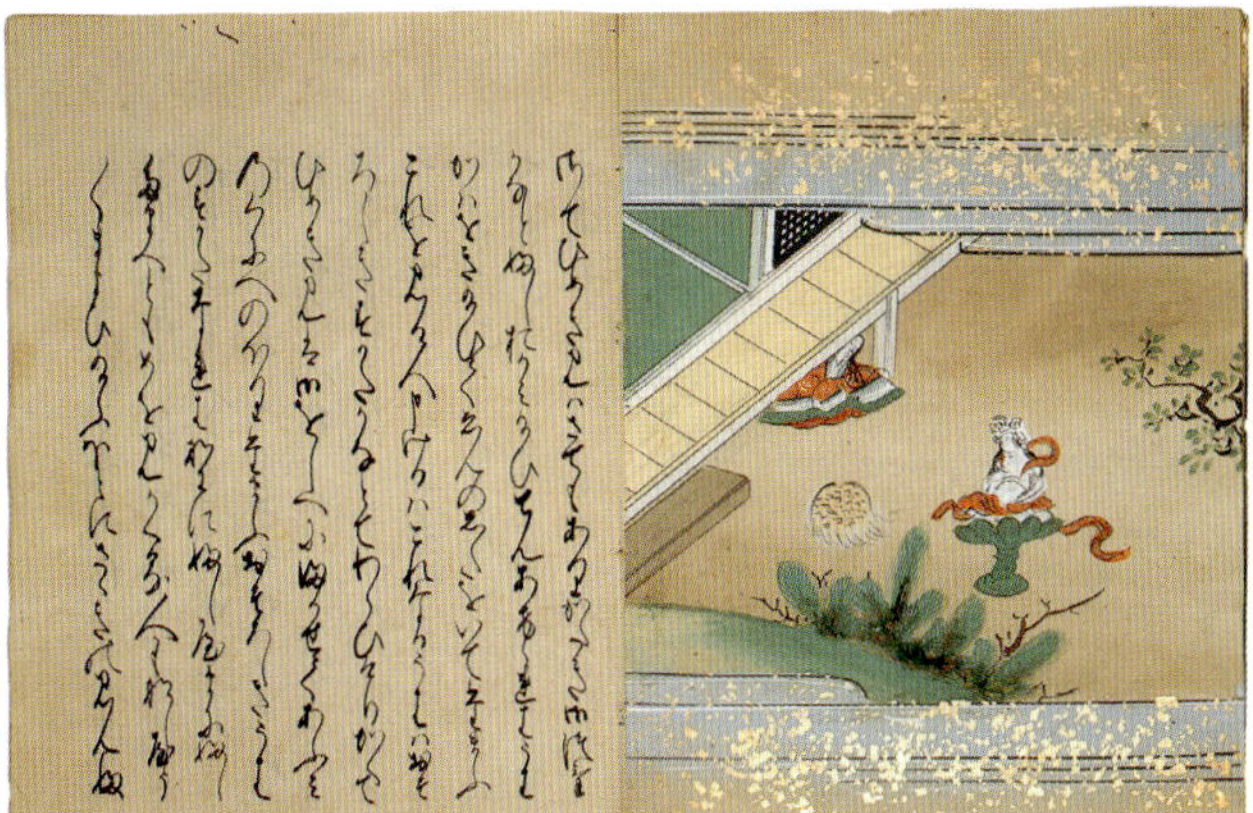

『うばかわ』
（名古屋市博物館）

『十本扇』（穂久邇文庫）

橋本宿長者、妙相造立の毘沙門天立像、胎内願文
（湖西市、応賀寺蔵）

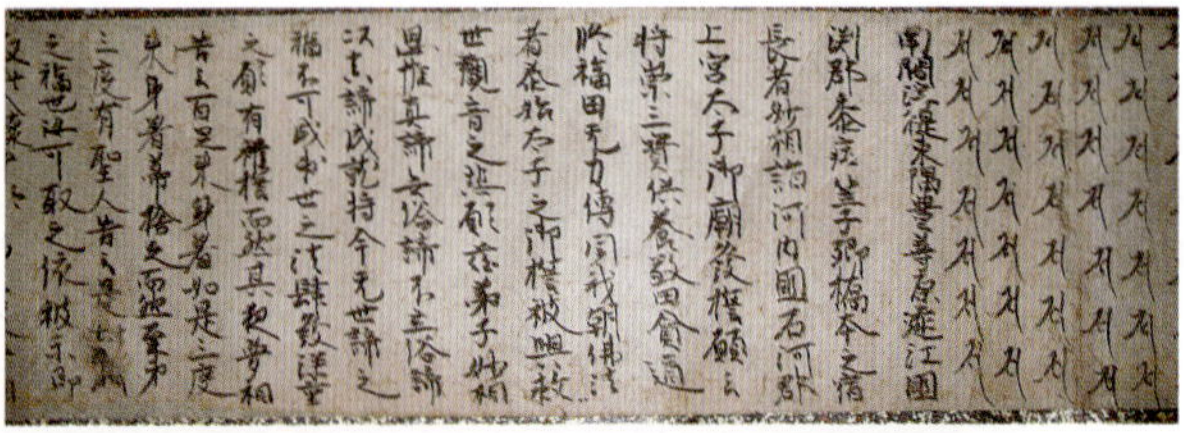

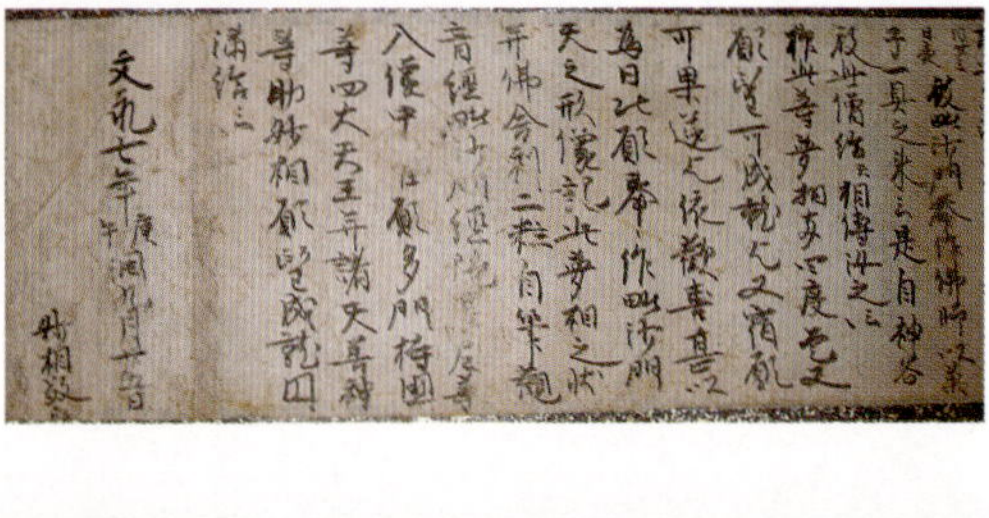

はじめに

　室町時代から江戸時代初期にかけて数多くの物語が作られた。現存するものおおよそ四百編。「お伽草子」と総称される作品群である。これらの物語は概して短編であり、文章はあまり練り上げられておらず、どちらかといえば筋中心の物語であるが、分かり易く、また変化に富んだ内容で、教養ある読者でなくても楽しく読めるような作品であった。また、奈良絵本と呼ばれる、大和絵風の細密な挿絵を伴った作品（口絵写真）も多く、かれこれ併せてお伽草子の魅力を発揮している。その中には『一寸法師』『鉢かづき』『酒呑童子』などよく知られたものもあるが、多くは現今、ほとんど顧みられることがないようである。

　多くのお伽草子を分類して、公家物、僧侶物（宗教物）、武家物、庶民物、外国物、異類物の六種に分かつのが一般的であるが、貴公子の悲恋、継子いじめ、神々の前生譚、怪物退治、立身出世、動植物の恋や合戦譚など、様々なテーマが取り上げられている。悲劇もあれば滑稽もあり、神仏の霊験もあれば異郷を訪問するものもあり、幼童が楽しむものもあれば教養ある大人が読む硬質なものもある。

　下克上の風潮の中から台頭してきた、新しい価値観の人々を描こうとするものもあれば、王朝物語風な「あはれ」の情を描こうとするもの、あるいは昔話や説話を脚色したもの、教訓や知識を与えようとするものなど、その内容は多岐にわたり、一括して論じるのは容易ではない。作品ごとに成立の事情も読者の性格も異なり、一作一作が独自の世界を構築しているのであって、どんなに短く、素朴な作品であってもそこに固有の世界があり、少しく丁寧に読み解いてみれば、中世の人々の願いやものの考え方が知られるのである。本稿は、埋もれたお伽草子の一班を紹介し、現代の私たちからは見えにくくなっている中世の物語世界に光を当てて見ようとするものである。

ここに取り上げた作品は『東海地方の中世物語』という表題のもと、東海地方にかかわる作品を選んだが、そのかかわり方は一様ではない。単に地名が出てくるだけのもの、作者が一時期、その地に居住しただけのもの、さらには近世前期のもの、厳密には東海地方とは言えない滋賀県のものなど、濃淡さまざまであるがあえて取り上げた。物語の面白さと地域の広がりを考慮すると、いずれも削除するにはあまりにも惜しかったからである。

本稿に取り上げた作品を通じて、中世の物語（お伽草子）、さらにその背景となった時代や文化、信仰、また郷土について考える機縁ともなれば幸いである。東海地方にかかわるお伽草子には、ここに取り上げたもの以外に、なお数多くの作品があるが、紙数の関係でその多くを割愛せざるを得なかった。

〔静岡県〕

静岡県といえば霊峰富士山の姿が第一に想起される。まずは、その富士山にまつわる中世の物語二編を読んでみよう。

● 浅間《せんげん》の本地

最初に紹介するのは『浅間の本地』（源蔵人物語）という、少々凄惨な内容をもつ物語である。都に源蔵人という人がいた。下野国（栃木県）に五万長者という人がおり、美しい姫君をもっていると聞き、国司として下向する。すぐに五万長者に求婚の意思を伝えると、長者は喜び七日後の来訪を承知する。長者は婚儀の準備を急ぐが、母が姫と風呂に入ったとき、姫が妊娠しているのに気付き、長者に知らせる。長者は驚き、国司に娘は急死したと告げ、コノシロという魚を焼いて火葬を装った。

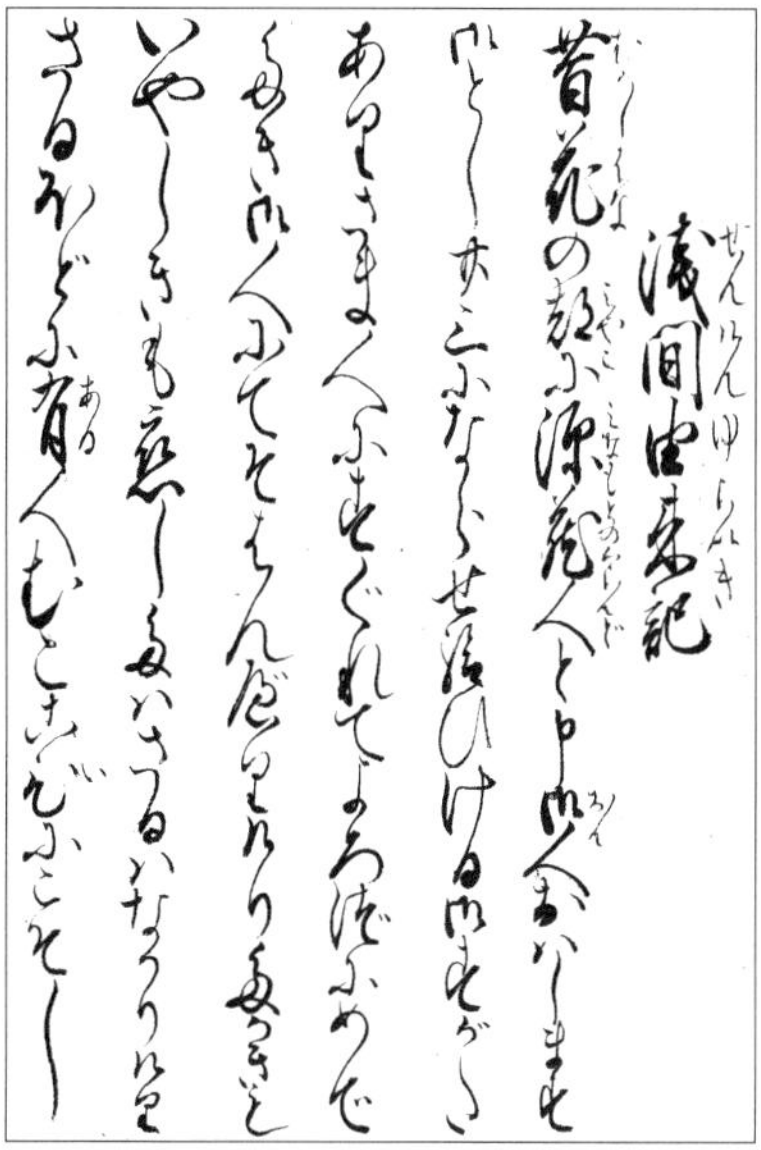

『浅間の本地』写本

長者は姫を問い詰め、相手の男を尋ね出すと、二人を追放する。追われた判官殿は姫を馬に乗せ、自ら馬の口を引いて西国をめざす。途中、武蔵野の原で姫が女児を出産、判官殿が水を求めてその場を離れているうちに、失意のまま都へ帰る源蔵人が通りかかり、姫君を発見して一緒に伴う。姫は捨ておく赤子に形見として二つに割った鏡の片方を残しておいた。水を持って戻った判官殿は姫を捜すが、見つけることができず、赤子を懐に入れて西に向かう。

男が相模国足柄を通りかかると、四万長者に呼び止められ、子のない長者夫婦がこの赤子を養育する。そして十三年、判官殿はここを去ろうとすると、娘がともに行くことを強く願うので、四万長者と別れを惜しみながら、さらに西に赴く。二人が清見が関に着いたとき、邪慳長者が美しい娘を見、二人を留めて娘を貰い受けたいと申し出る。父の判官殿はこれを拒否すると、邪慳長者は彼の首を切る。娘は父を探すが見当たらない、ようやく隠された父の首を発見し、抱きついて悲しむと、父の首が小声で早く逃げるようにささやく。娘は言われたとおり西に向かって走り出す。

駿河国府中で、源蔵人が走っていく女児を見かけて呼び止める。妻の北の方が娘に事情を尋ねると、娘は武蔵野での誕生以来のことを打ち明け、形見の鏡をみせた。北の方は自分の娘であることを知り、親子の名乗りをする。源蔵人夫妻は邪慳長者をうち滅ぼし、判官殿を深くとむらった。源蔵人は惣社の神、娘は山宮の神、北の方は浅間大菩薩、四万長者や乳母たちは三保の五社大明神、下野の五万長者たちは富士の下の宮となった。

本地物・神々の苦難の物語　この物語のタイトルに見える「本地」というのは、中世の物語に見られる一つの形式で、神が人間の子としてこの世に生を享け、常人には耐えがたい苦しみを経験しながらも乗り越え、死に際して再び神に生まれ変わり、人々を救うことを誓うという結末をもつものである。それは中世の人々が思考した英雄の姿であった。主人公が経験する受難は、人

浅間神社（静岡市）

並みを超えた甚だしいもので、時には異常かつ残酷の趣を見せる。

もちろん、そこに描かれた神々は、神社の正統的な縁起ではなく、異常な苦難を経験した者の悲劇的な魂を慰め、鎮撫し神格化しようとする人々の気持を代弁したものである。

中世という時代、聖《ひじり》や山伏、熊野比丘尼等々、村々を漂泊し人々に物語を語り歩いた下級の宗教家たちが多くいた。彼らが村人に語る、純にして無垢な人の身の上に起こる不条理な悲しい物語は、多くの人の胸に強く響いた。

この『浅間の本地』の物語は、発端は下野国室の八島の求婚譚から始まり、最後は、母も娘も源蔵人も判官殿も、富士山およびそれを取り巻く諸々の神にと変身した。苦難を経験した彼らが神へと昇華するのは、苦難を経験したがゆえに、衆生つまり一般の人々の苦しみを深く理解することが出来ると考えられたからに他ならない。惣社の神は静岡市賤機《しずはた》山の麓に鎮座する富士浅間新宮神社（浅間神社と通称される）である。

このしろ焼き、室《むろ》の八島　この『浅間の本地』の物語は、関東地方に伝承されていた物語を利用して作られたと考えられる。もともと栃木県栃木市にある室の八島の話として伝わるもので、既に室町時代の永正十一年（一五一四）、関東地方の馴窓という人物によって編まれた『雲玉和歌集』に、次のような話が書き留められている。

孝徳天皇の御宇かとよ。彼所に五万長者、姫を一人持つ。駿河の太守大納言道房に約束申せしを、岩代王子に契りて、彼姫忍びて悪阻《つわる》ほどにいでゆき《（ママ）》けり。長者あさましく思ひて、大納言に、彼姫にはかに死にきと申す。守護（大納言）下りて葬を見んとあるに、棺を飾りて鮗《このしろ》を入れて煙となす。

大納言、帰さのころ、かの姫は堀兼のあたりにて子を産み、王子をば水求めに遣りしに、武蔵野に紫雲一むら立ちぬ。怪しみ寄りて見給ふに、玉のやうなる姫君を産みてあり。「いかに」と問はれしに、「五万長者の姫なり」と有りのままにの給ひしを、「さては、我志しし人なり。かかる縁」と喜びて、引き具して帰りぬ。産める子に鏡を添へて行き給ふ跡に、王子来たりて、何者や取りつらんと打ち泣きて、

　故郷を出でしに増さる涙かな嵐のまくら夢に別れて

と詠みて、足柄に四万長者を頼み、七歳を送り、「姫七歳になれば」とて、京方へ出立ち給ふ。妻の鏡を懐に入れしを、清見長者みて、「此の旅人は宝を持ちたるや」とて、王子を入江の辺りにて殺す。

その間に姫は鏡を持ちて駿河の府の大納言のもとへ走りける。北の方見て「我が子なり」とて喜び問ひ給ふに、王子討ちしかば、軍兵を整へ清見長者を攻め滅ぼし、やがて此の姫、母ともに富士の内院へ帰るとて、の給ふやう「我は浅間なり。諸国の者の参詣の道に、清見長者関を据へしほどに、失はんために人間に変り、かくありぬ」とて、その時、天の羽衣の歌、不死の薬を送り給うと。（中略）

　それならぬ煙もやがて露はれし室の八島を我が身ともかな

と記されている。話は和歌に対する説明として引用されているが、内容は『浅間の本地』とほとんど同じと言えよう。登場人物の名前などに異同があるものの、婚約を解消するために火葬を装うこと、その匂いが火葬の匂いに似るという魚コノシロ（子の代）を焼くこと、武蔵野の野中で出産すること、判官殿（岩代王子）が清見ヶ関で殺されること、悲劇を味わった姫などが富士の神々に生まれ変わることなどが一致している。

興味深いのは、姫君が最初に契った男性が、『浅間の本地』では判官殿という正体不明の人物であるが、この古伝承では「岩代王子」という高貴な、想像するに事情があって地方に流浪しているような男性と思しきことである。在原業平、藤原実方《さねかた》など東国に流離した人々のような、貴種流離譚（折口信夫による用語）の主人公とみなされる。彼はそうした高貴性があるゆえに、将来神となりうる女性と契ることができたのであり、富士浅間の神である姫の父親として、種々の苦しみに耐え、非業の死を甘受するのである。この物語の異伝を伝える、同じ室町時代後期に書かれた『慈元抄』には、男は有馬王子とされており、東国の伝承では共に「王子」とされている。しかし、「岩代」であれ「有馬」であれ、その正体は解き明かされることなく、彼がどうして東国へ来ているかということさえ分からない。彼は貴種である王子の身でありながら、ほとんど抵抗もせず苦難に耐え、最後に至っても悲劇的な死を遂げる。読者はこうした貴人の上に振りかかる不条理な悲劇に対して、限りない同情を覚えるのである。東国が都から遠く離れた地であったゆえに、よりいっそう東国の人々が期待し憧れた都人の幻影であったということが出来るであろう。

後年、芭蕉は『奥の細道』で、

人穴の入口
(富士宮市、人穴神社)

室の八島に詣す。同行曽良が曰、「此の神は木の花さくや姫の神と申して冨士一体なり。(中略)はた、このしろといふ魚を禁ず。縁起の旨、世に伝ふ事も侍りし。

と書いているのも、この『浅間の本地』を念頭にしていたのだろう。

◉――富士の人穴草子

この物語のタイトル、「富士の人穴」というのは、富士山の地下に溜まった火山性溶岩が噴出したあとにできた洞窟の名である。現在は富士宮市、人穴神社として祭られている。高さ一・五メートル、横幅三メートルほどの洞窟が地底に向かって黒々と続いている。奥はどこまで続くものか分からない。遠く江ノ島にまで続いているとも言われている。

『富士の人穴草子』の物語　『富士の人穴草子』は、鎌倉二代将軍、源頼家の命によって仁田四郎忠綱が人穴の洞窟に入り、そこで見てきた有様を語るのであるが、忠綱はその場で絶命してしまう。忠綱は一体、富士山の地底で何を見たというのであろうか。

正治元年四月三日、鎌倉幕府二代将軍、源頼家は和田平太を召して、富士の人穴の内部を探らせた。平太は洞窟へ入り、火炎を吹く蛇の群れを越えて中へ進むと、若い女性が機を織っているのに出会う。女は、ここから前には行かせない、どうしてもというのなら命はないという。平太は洞窟の奥からの風に吹き飛ばされ、平太三十歳のとき、和泉三郎の謀叛に与して死ぬであろうという予言を聞く。平太は恐怖し、頼家に報告した。しかし、頼家は納得せず、洞窟の奥まで見てきた者に四百町の所領を与えようという。

それに応じた仁田四郎が洞窟に入り、太刀で虚空を切り払いながら進むと立派な御所が現れた。光堂の鐘の音は法華経を唱えている。仁田が近づくと十六本の角を持った大蛇が現れ、太刀と刀を求めたので、仁田はこれを渡すと、大蛇は実は浅間大菩薩、姿を十六七歳の法師に変じて、仁田に地獄・極楽を見せようという。

浅間大菩薩は仁田に六道（地獄・畜生・餓鬼・修羅・人間・天上）を案内しながら、上野国あかつかの里の吝嗇な姥、遠江国そでし浦の神主、常陸国きくた郡の女、三河国ひらた郡のめうしん房などといった人物の名を挙げ、彼らが生前に行った行動と、今この世界で受けている因果応報の結果を説いたのであった。大菩薩は最後に阿弥陀仏が光を放つ美しい極楽浄土を見せたあと、仁田を娑婆へ帰すのであるが、ここで見聞したことは三年三月の間、他言してはならないと口止めする。しかし洞窟から帰った仁田は、頼家の強い命令で、洞内の様子を報告すると、語りも果てず四十一歳で絶命した。天に声あり、また頼家の死も予告する。

忠綱の見た洞窟内部　浅間大菩薩に案内され、仁田は最初に幼い子供たちが泣き叫ぶ賽《さい》の河原や亡者の衣服を剥ぐ奪衣婆《だつえば》を見る。さらに地獄で苦しむ亡者を見、彼らがどうしてこのような苦痛を受けるようになったか、彼らが生前犯した非道や罪過の説明を聞くのである。次にその様子を箇条書きにしてみる。括弧内は犯した罪。

・大石を担い山道を登らせられる（馬を虐待した者）

・剣に刺し貫かれる（親・主の恩を報ぜず悪口した者）
・荒波の中を渡れと責められる（関を据えて通行を妨害した者）
・枷《かせ》を懸けられ骨に釘を打たれる（検断職の者）
・男を蛇二筋巻き付き目口を吸う（二道掛けた者）
・舌・目を抜かれる（親、主を悪口した者）
・女の股を鋸《のこぎり》で裂く（夫以外の男に心を移した者）
・十二単の女が獄卒に肉を食われる（遊女）
・鼻に燈台が置かれ顔に熱い油が流れる（化粧し男を誘った女）
・鉄の綱で縛られ胸に釘を打たれる（百姓を苦しめた地頭）
・鉄の犬、獣が身体を食い乱す（欲深く人の物を貪った者）
・火の車に乗せられ獄卒に鞭で打たれる（信仰心のない神主）
・舌を抜かれ丸枷を付けられる（下人に冷酷な女）
・身体から油を絞り取られる（仏に仕えることをしない僧）
・無限に走らされる（外見を飾る欲深い僧）
・腰骨に釘が打たれ腹が切り開かれる（堕胎した女）
・無間地獄に突き入れられる（自分を身売りしながら逃亡した者）
・鉄の縄を付けられ責められる（生き物を殺した者）
・胸の上に大石を押し付けられる（卵を食った者）

・身体を吊り下げられ頭を削り取られる（不信仰で欲深い僧）
・目を錐で揉まれる（人の目をくらまし盗みをした者）
・氷に閉じ込められる（夜討、強盗、山賊、海賊、人の衣装を奪った者）
・腰骨に釘を打たれ剣で切られ血みどろ（還俗して男し出産した尼）
・鉄の丸枷を三百ほど付けられる（男狂いした女房）
・鉄の飯櫃に顔を入れ火焔に焼かれる（来客に食い物を惜しんだ女）
・髪が燃え、額に焼き金を当てられる（髪に執着した女、子を産まない女）
・手足を斧で切り落とされる（無用に草木を切り、枯らした者）
・食物が火焔となって食べられない（銭、米を独占する者）
・我子を裂き食う（我子を売り、また幼い子を捨てた女）
・口から血が流れ物が食べられない（人に物を与えなかった者）
・鳥・獣のように繋がれる（近親相姦）
・火焔の中、刀・弓で切り合う（合戦で死んだ者）

といった具合で、地獄の苦しみがつぶさに描かれている。

地獄巡りの文学　仏教の広まりとともに、地獄・極楽の観念は人々の心に強く刻みつけられた。地獄の苦痛の様子を描いたものとして、源信の『往生要集』が有名であるが、これはいろいろな経典から、特に地獄に関する部分を抜き書きしたもので、やや専門的である。『往生要集』以後、地獄の様相を描いた著述、絵画、掛軸などがおびただしく制作され、仏教が庶民階級に広く浸透

『地蔵十王経』（左）『十王讃嘆抄』（右）の挿絵

していくのと相まって、悪事をなせばこうした凄惨な地獄に堕ちるぞという道徳的な規範として大きな役割を果たしたものであった。お伽草子にも、『平野よみがえりの草子』『目連の草子』『天狗の内裏』などが地獄巡りを描いている。

富士山信仰、富士講　この物語の最後には、

○皆々、此草子を御覧ずる人は、即ち冨士浅間大菩薩と拝みたてまつるべし。読む人、聞く人も精進をなし、よく〳〵聞きて、念仏と申し、後生を願ひ、南無冨士浅間大菩薩と、百辺唱へべし。（慶長八年写本）

○此の草子を聞く人は、冨士の権現に一度参りたるに当たるなり。よく〳〵心を懸けて後生を願ふべし。少しも疑ひあれば、大菩薩の御罰もかうむるなり。いかにも後生一大事なりと思ふべし。御冨士南無大権現と、八辺唱へべし。（寛永四年刊本）

○此草紙を読て、南无冨士権現大ぼさつと唱ふべし。必ず〳〵疑ふ事なかれ。穴賢〳〵（天保三年架蔵写本）

などといった一文が書き込まれているのが注目される。一度読めば富士登山一度に相当するといい、「読む人聞く人」とあるように、この物語は人々の前で読み上げられることもなされた作品であった。娯楽的な文学作品であるのみならず、富士信仰を勧める宗教のテキストであり、宣伝効果に重点が置かれているのも、中世の特徴ということができる。

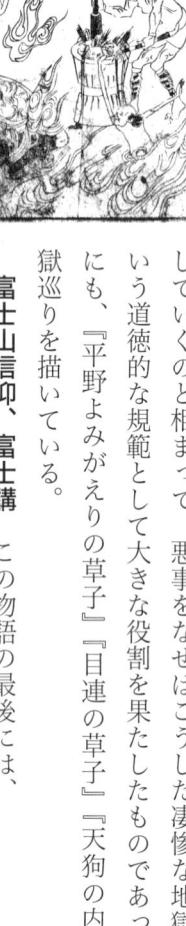

実はこうした文言は、宗教的な内容をもつお伽草子作品にしばしば見かけられるところで、前述の『浅間の本地』末尾にも同様の文句が記されている。

特に富士山は古来、山岳信仰の霊場であり、多くの人々の尊崇を集めてきた。富士山の御神体である富士浅間大菩薩に対する信仰が発達し、室町時代末、角行が現れて庶民を富士登山に導く行法が普及した。さらに江戸期に至ると各地に「富士講」が組織され、爆発的な流行を見た。江戸後期には、身禄行者によって富士講はいよいよ盛んになり、多くの信者が富士参詣に赴いたが、登山できない人のために江戸の各地でミニ富士山である富士塚が築かれることも行われた。『富士の人穴草子』は、こうした室町時代以来の富士信仰の広まりの中で受容されていったもので、富士講に属する人々の庚申待ちや月待ちなど、一晩眠らずに夜明かしする民間行事の場などで読み上げられたりもした。

『吾妻鏡』の人穴探検記事　頼家の命により和田胤長と仁田忠綱（『吾妻鏡』には忠常とある）が富士山の洞窟を探検したのは、鎌倉幕府の記録『吾妻鑑』に記された史実である。ただし和田胤長が建仁三年（一二〇三）六月一日に入った洞窟は、伊豆国伊東崎にある洞窟であって、物語とは異なっている。胤長は松明を点して数十里を行き、大蛇に遭遇、呑まれそうになり剣を抜いて切り殺したと記されている。

続いて三日、頼家は駿河国富士の狩倉で、富士の人穴の探検を仁田四郎忠常に命じた。忠常は直ちに主従六人で洞窟に入り、翌朝、戻ってきた。行程は一日一夜、奥は狭くなっていて踵《きびす》も返せないほどであった。暗黒の中で蝙蝠が飛び交い、地底の大河には逆浪が立っていた。渡河を試みて郎従四人がたちまちに死亡、忠常は彼等の霊の教えに従い、頼家から授かった剣を河に投じ、ようやく命永らえて戻ってきた旨を復命した、と記してある。古老の話では、この洞窟は浅間大菩薩の御在所、昔から決して見てはならないところ、忠常の探検は何とも恐れ多いことであった、とも記されている。

『富士の人穴草子』は、この『吾妻鏡』の記事を基にして、想を構えたものと考えられる。『富士の人穴草子』が地底世界にあると幻想した地獄・極楽を描いたのとは内容はずいぶん違っているが、頼家の命令によって胤長、忠常などが洞窟を探検するくだりは、一致している。さらに言えば、忠常の探検記事の末に書き加えられている、古老の「この洞窟は浅間大菩薩の住むところ、今回の探検は恐れ多いこと」という言葉は、なにか最悪の出来事を予言しているようである。忠常は比企の乱に誅殺され、頼家も暗殺されている。物語作者はそうした史実をも念頭に浅間大菩薩の祟《たた》りを読み取ったのであろう。

◉――十本扇

常陸国（茨城県）の大名、小田三河守は長年、京の都に滞在し名望を得ていたが、近衛殿の許しも出て帰国することになった。別れに際し近衛殿は、東海道を下る長旅の一興ということで扇十本を贈り、その絵の元歌を宿場の遊女たちに当てさせて楽しむがよいという。小田殿は鏡の宿、美濃赤坂、矢矧《やはぎ》の宿で扇を取り出し、遊女たちに見せ、うまく言い当てたならば、どのような望みにも応じようと言うと、遊女たちは先を争って扇の絵を覗きこんだが、誰ひとり一首も当てら

遊女たちに扇を見せる。（『十本扇』）

れない。小田殿は、遠江国橋本の宿に着いたときも、早速これを試みると、長者を始め多くの遊女たちが扇を手に取ってみるが分からない。遊女たちの末席にうらぶれた一人の遊女がおり、よろしければ私にも試させてくださいと願い出る。長者やその娘から嘲笑されるが、小田殿が扇を渡すと、彼女は次々に言い当てる。小田殿は約束どおり常陸に連れて帰り妻とした。彼女は猿丸太夫の子孫であった、という物語。

判じ絵　なぞ絵　『十本扇』の諸本は多くない。穂久邇文庫本と市古貞次氏本のみである。内容に大差ないが、取り上げられた和歌が異なり、穂久邇文庫本には出典未詳の歌が多いといった違いがある。

この物語の興味は一に、扇に描かれた絵からその元になった和歌を言い当てるという、謎解きの面白さにあると言えるだろう。絵による謎々である。さらにその和歌が判明して解説が加えられるとき、それは和歌の註釈であり、和歌鑑賞の教材でもあった。小田殿の取り出した扇に、「薄紅葉に、山と社《やしろ》と若き男」を描いたものがあった。この絵の和歌は、

わが恋は稲荷の山のうす紅葉あをかりしより思ひそめしか

であると明かされる。

『十本扇』は、この和歌について次のような話を載せている。

和泉式部が稲荷山へ参詣したとき、にわか雨に遭って近くの小家に雨宿りした。降り止まぬ雨に家の少年から襖（あを）の衣を借りて帰った。後日、

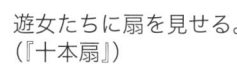

襖を返しに行くと少年は病気で伏せっており、母親が言うには「わが子は和泉式部に逢いたいと願っています」と伝えると、式部は「よい歌が詠めたら逢ってあげましょう」と返答する。それを聞いた少年が、詠んだ歌が右の和歌である。紅葉している木々の葉がまだ青いうちから、あなたを想っておりました、という内容は、初対面であった少年が「(木々の葉が)青かりしより」というのも妙ではあるが、それはともかく、ここには同音の「襖(あを)借りしより」が掛けられており、この歌に感心した式部は、約束どおり少年と一夜を共にした、というのである。実はこの話、『袋草紙』『沙石集』『十訓抄』『古今著聞集』などに載る有名な挿話で、もちろん和泉式部の歌ではない。

右の説話は、和泉式部にとって随分とみだりがましい話ではある。小野小町や和泉式部といった平安時代の有名な女流歌人たちは、中世に下ると、彼女たちを貶《おとし》める説話が次々と語られるようになった。小町は若く美人であったとき驕りたかぶったので、年老いて誰にも相手にされなくなり、零落して人々に食を乞うていた……(お伽草子『小町草紙』ほか)。また和泉式部には自分が産み捨てた、我が子の道命阿闍梨と通じた話がお伽草子『和泉式部』に記されている。仏教的な思考を強くもった中世の人々は、平安時代の有名な女性を煩悩に悩み、恋の妄執に苦しむ姿で造型した。紫式部も例外ではなく、『源氏供養草子』では妄言の罪によって地獄に堕ちた紫式部が描かれている。

扇の草子　扇のデザイン集　扇の絵から和歌を言い当てる知的な遊びは、この時代の人々の生活必需品であった扇に、さまざまな絵が描かれたことからすれば、格別珍しい趣向ともいえない。

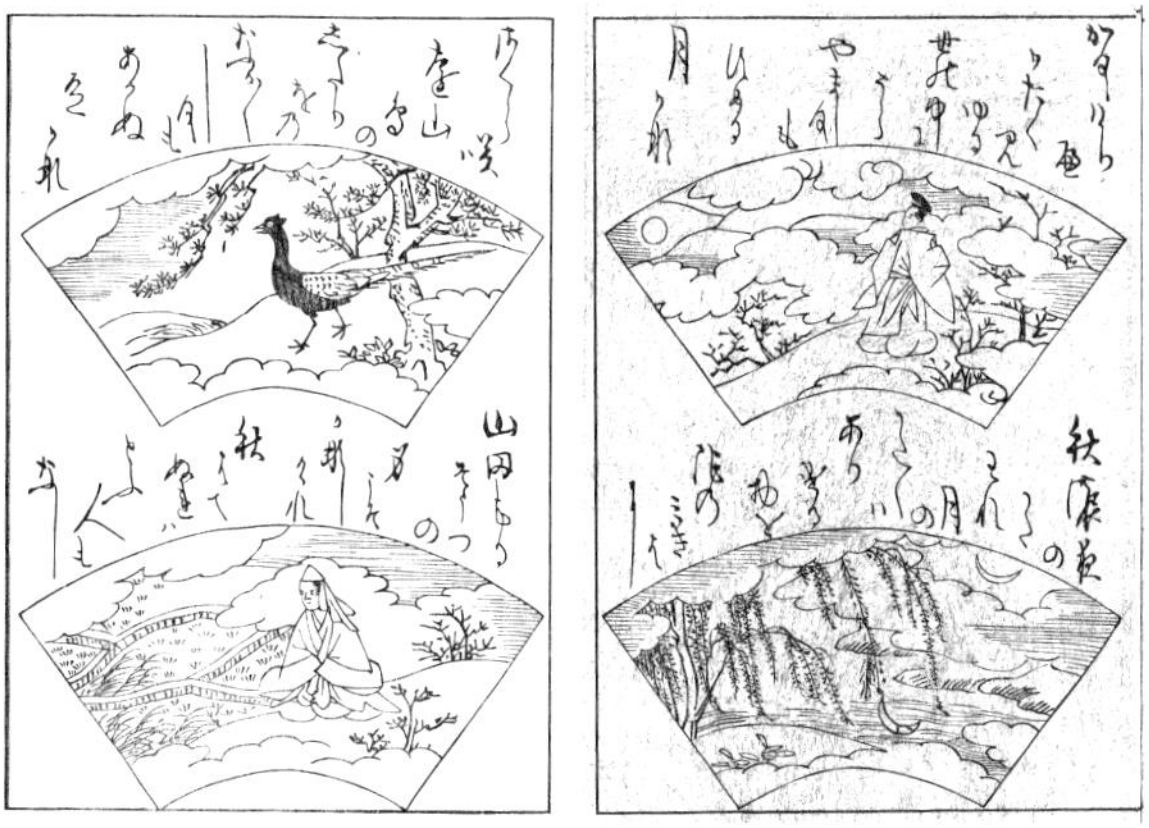

『扇の草子』（和田維四郎複製。色変わり料紙）

そういう扇の絵のデザイン集である本もこの時代、幾種類か作られている。扇のデザイン集は一般に『扇の草子』と総称されているが、そこには和歌とそれに因む扇の絵が載せてある。恐らく扇製作に携わった絵師などが扇絵を描くときの参考にしたものと思われるが、それ自体、鑑賞用でもあった。色変わり料紙を用いた美しい嵯峨本も出版され、また屏風や絵巻に仕立てられたものもある。『扇の草子』について詳しく調べられた安原真琴氏は、『扇の草子』の伝本十一種、断簡十五種を報告されている。それらの諸本はおおよそ室町から江戸時代初期の成立と考えられ、『十本扇』の成立時期とも重なっている。

『扇の草子』の、ある一図案から和歌を取り去り、絵だけを残せばそのまま『十本扇』のなぞ絵の趣向になる。デザインとしての絵が身近になり、それを文学化したものが『十本扇』であるといっても過言ではないだろう。

ただ、面白いことに、デザイン集である『扇の草子』に取り上げられた和歌は、あまり正統的とはいえない、当時、世間で流布していた出典未詳のものが多く、端正、優美な和歌よりも理屈や道理を詠んだものが多く見られる。一種の遊び感覚、あるいは諺《ことわざ》感覚で受けとめられたものと思われる。さらに、『十本扇』に載せる、

女房、海へ石を沈めて嘆くところを描きたる絵

思ふこと水のかしはにこと問へば沈むに浮くは涙なりけり

という例では、もともと「三角柏《みつのかしわ》」であるものを、「水の柏」と誤って理解している。三角柏の葉を水に浮かべて、浮くか沈むかで願いを占うというものであるが、水に入れれば沈むに決まっている石で占うという奇妙な解釈を披露しており、伝承の過程で随分と間違った方向に進んでもいる。このような絵からは、正解の和歌を見つけ出すことはなかなか難しいだろう。（本文を「水の柏」とするのは『歌林良材』などにも見えている）。穂久邇文庫本『十本扇』には、このように少々問題のある和歌、解釈が採られていて奇妙にも思われるのであるが、『十本扇』の作者にしても『扇の草子』の作者にしても、その辺はずいぶん無頓着である。狂歌や俳諧連歌など、優美さよりも知的な理屈を愛する時代の風潮が影を落としているのであろう。

猿丸太夫　小田殿が示した扇絵の元歌をすべて言い当てたのは、遠江国橋本の宿の遊女、しかも遊女仲間や彼女たちの世話人である長者から露骨に冷遇された女であった。その冴えない彼女が周囲の予想を裏切って見事にすべて言い当てたので、人々はビックリするというどんでん返しが、この物語のクライマックスであろう。

往時の遊女の中には歌舞を良くし和歌を嗜む教養豊かな女もいたであろうと想像される。歴史の上では遊女といってもさまざまで、勅撰集にその和歌が入集した教養ある女性もあれば、皇族、貴人の妻妾となり、また生まれた子も立派にその家を継承している例もあった。概して、院政期、鎌倉時代などでは遊女の地位は高く、時代が下るに従って下落してきた傾向が見える。

この物語では末席にいて人々から軽んじられていた冴えない遊女が、周囲の冷たい視線の中で、次々に本歌を当てて、次第に周囲の空気が感動に変ってゆき、とうとうすべての和歌を言い当てる。彼女の隠された能力が明瞭になり、小田殿も長者も、彼女に敵意を持っていた長者の娘も驚嘆を隠さない。彼女は人並みでない和歌の知識の持ち主であったのだが、さらに最後に、実は彼女は猿丸太夫の末裔、入江左衛門の娘であったと正体が明かされる。猿丸太夫は『百人一首』の、

奥山に紅葉ふみわけなく鹿の声きくときぞ秋はかなしき

の詠で知られる歌人、元慶（八七七〜八四）ころの人とされるが、伝記不明で、実在自体が疑問視されている。『十本扇』は、和歌に関してとてつもなく詳しい女の正体を、有名な猿丸太夫の血筋をひく者と説明することによって合理化しているが、全くの虚構と考えてよいだろう。

遠江国橋本宿と遊女　さて、橋本の宿であるが、今その宿駅はない。今は新居町の一部に「橋本」の名が残るのみである。往時、浜名湖は内海で、太平洋とは直接繋がってはいなかった。湖から海へ浜名川という川が流れていて、これが唯一湖と海を繋ぐもので、この川には浜名橋という橋が架かっていた。中世、東海道を上下する旅人は、浜名湖の南縁を行き、浜名橋を渡って往来したのである。この浜名橋の南の橋詰にあったのが橋本の宿で、中世の紀行文に数多く記されているように、繁栄を極めた。鎌倉時代に書かれた『東関紀行』には、

橋本といふ所に行き着きぬれば、聞きわたりし甲斐ありて、景気いと心すごし。南には海湖あり、漁舟波に浮かぶ。北には湖水あり。人家岸に連なれり。その間に洲崎遠くさし出でて、松きびしく生ひ続き、嵐しきりにむせぶ。（中略）水海に渡せる橋を浜名と名づく。古き名所なり、朝立つ雲のなごり、いづくよりも心細く、
行きとまる旅寝はいつも変はらねど分きて浜名の橋ぞ過ぎうき

と、南北に広がる海、白砂青松の美しい浜辺が書き留められている。さらに、

軒古りたる藁屋の、ところどころまばらなる隙より、月の影くもりなくさし入りたる折しも、君（遊女）どもあまた見えし中に、少し大人びたる気配にて、「終夜《よもすがら》、床の底《もと》に晴天を見る」と、しのびやかに打ち詠めたりしこそ、心にくく（奥ゆかしく）覚えしか。
言の葉の深き情けは軒端もる月の桂の色に見えにき

と、人家連なる橋本に、旅人と一夜の交歓を尽くす多くの遊女がいたことが記されている。毎夜、濃艶に装った女性たちのさんざめく嬌声が響いていたことだろう。今様を歌い、酒宴、枕席にはべる宿命の遊女たちは、橋本に限らず、鏡（近江）、青墓、墨俣（美濃）、矢作（三河）、池田（遠江）などの宿駅でも盛んであった。

ところが室町時代半ば過ぎの明応七年（一四九八）八月、遠江地方は突如大地震に見舞われた。地震とその後の大津波によって、浜名湖の南岸が陥没、浜名湖は太平洋と直接繋がる地形となった。これが「今切れ」と呼ばれる湖の開口部である。浜名湖の南にあった橋本の宿は、この地震・津波によって全壊、浜名川も浜名橋も消滅した。以後、渡船場として人家を増やした新居の集落が、橋本の旧地をも包み込んで市街地を広めていくのである。

『十本扇』は、この橋本の宿を舞台としている。過去の橋本の繁栄がその後も長く人々の脳裏に残っていたからであろう。

妙相の造像、毘沙門天立像と願文　遊女たちが多くの旅人を接待し賑わいを見せた橋本宿ではあるが、今は往時をしのばせるものは何もない。その中で、橋本から少し北に位置する応賀寺

（真言宗）には、鎌倉時代の文永七年（一二七〇）、この宿の長者であった妙相が作らせた毘沙門天立像が伝わっている。興味深いのは、この毘沙門天像の胎内に妙相の願文が封入されていたことである。そこには、「遠江国淵郡黍庄笠子郷、橋本之宿長者妙相」が、河内国の上宮太子（聖徳太子）御廟に詣でた折、夢に百足《むかで》を見たり、鞍馬毘沙門天感得の大銅銭を得たりするなど、四度の夢告げを見てこの毘沙門天像を作った、そして、この立像の中に夢想のことを記した形像記、仏舎利二粒、自筆の観音経、毘沙門経陀羅尼などを納め、私の願いが成就するようにと書かれている。最後に「文永七年庚午潤《（ママ）》九月二十五日　妙相敬白」とある。今は一巻の巻物に改装された願文には、巻頭に妙相自筆とおぼしき観音経、梵字の毘沙門経が見出される。造仏の趣意を述べ功徳を願う願文は多々その例がない訳ではないが、この毘沙門天像を建立した妙相については殆ど何も分からないものの、宿駅の長者の遺物として非常に珍しい。これが橋本という遊女で名高い宿駅の、しかも遊女たちを束ねる女の長者ということであれば、その行動範囲や経済力などが窺われて、非常に興味深い資料である。（口絵写真）

「橋本の長者」はお伽草子の『賢学《けんがく》の草子』『はもち』にも登場する。ただし、これは男の長者と考えられる。

〔愛知県〕

●——ねごと草

この作品は中世の物語という範疇に入らない近世前期の仮名草子作品であるが、郷土の文学を考える上で非常に貴重な作品であるので、ここに紹介しておきたい。

豊橋を描いた仮名草子　江戸時代になって六十年ばかりを経たころ、豊橋（吉田）の富商で、貞門の俳人でもあった小野久四郎（俳号、愚侍）という人が著したものらしい。版本であるが、現存するのは京都大学図書館に所蔵される一本のみ。いわゆる「天下の孤本」である。刊記には「寛文弐年寅霜月吉日」とあるだけで、作者名は記されていない。昭和十二年（一九三七）稀書複製会から、当時のおもかげをしのばせる複製本が発行され、また日本古典全書『仮名草子集』上（朝日新聞社）に翻刻と注が載せられた。

『ねごと草』　物語は、「いつの頃にやありけん、三河の国、吉田のほとりに、そのよすけとて、数ならぬやせおとこ住みけり」という文章から書き出されている。「そのよすけ」という名前には「その余」の響きを掛け、世の余計者の意味を効かせている。この物語の主人公である。

余介は、友人の金内《きんない》（金無）と連れ立って赤岩寺《あかいわでら》へ花見に出かけ、そこで美しい姫君と出会い恋に落ちる。姫君の下女に尋ねると、彼女は遠江国、白菅《しらすげ》の宿に住む松風という女性、十七歳と

赤岩寺山門・参道（豊橋市）

いう。余介は赤岩寺の愛染明王に恋の成就を祈り、既に帰って行った姫君の後を追う。蝉川、火打坂、岩屋の観音、二村山、大岩、二川、高師山、堺川、猿が馬場、潮見坂を経て、白菅に至るまでが上巻の内容である。ここに記された地名は豊橋の人々には聞きなれた地名であって、豊橋市の東郊から愛知・静岡県境の辺りの地名が並んでいる。

余介と松風の出会った赤岩寺は、多米《ため》街道沿いにある真言宗の寺。江戸時代の初めには、桜の名所であったようで、吉田藩士の日記にも、

・昼より赤岩へ花見にこし申し候。ちる花の名残もいとふあらしかな（『忠利日記』寛永三年三月十五日）

・赤岩寺へ花見に、牧清右衛門にさそはれ参る。（『大野治右衛門定寛日記』寛永十八年三月十三日）

などと記されており、当時から多くの人が群集する所であった。

作品中に見える愛染明王は今も本堂の傍らに愛染堂が祭られている。愛染明王は身体は赤く輝き、三つの目、六本の腕を持ち、怒りの形相を見せる神であるが、恋愛の神、愛欲の神、また遊女の守護神として信仰された。余介が松風を一目見て恋に落ち、さっそくこの愛染明王に恋の成就を祈ったことはいうまでもない。余介は、

しづが胸の緋《ひ》桜を問ふ君もがな

と口ずさむ。私の胸の火を、どうしたのかしらと聞いてくれる女性《あなた》がほしい、というのである。余介と金内は赤岩寺から南に歩

き始め、蝉川《せみかわ》を渡り、火打坂、岩屋観音に出る。二人は通りがかりの風物に寄せて、和歌、狂歌、発句（俳句）を詠み、心を浮き立たせているが、余介はここで、

迷ひ出づる所の名さへうらめしや胸のけぶりの火打坂とは

と詠んでいる。場面ごとに和歌や発句を挿入していく叙述の方法は、この時代の常套で、『竹斎』『東海道名所記』など、仮名草子作品においても見られるところで、『ねごと草』もその形式を踏襲したものであるが、俳人でもあった作者の一面が窺われる。

岩屋観音は亀見山窟堂《いわやどう》のこと。東海道に面し、巌上に立つ観音像がよく知られている。『ねごと草』の時代にはいまだ巌上に立つ観音像はなかった。余介は観音様に「われらがこの思ひをも晴らさせて給びたまへ」と祈っている。

この後、二人はツツジで有名な二村山、大岩の宿を経て、二川の宿に入る。

泣く泣くもたづねてゆけば大岩と名にのみ聞きてあはぬ君かな

網あらば引き上げたまへ二川の恋の淵瀬にしづむわが身を

などと詠みながら、さらに高師山を過ぎ、三河と遠江の国境、堺川に至る。鴨長明の昔をしのびながら堺川を渡れば猿が馬場で、金内は

酒に酔ふ身にしあらねど顔赤き猿が番場にうかれ来にけり

と詠む。道端の小屋に立ち寄ると、主から「これこそ当所の名物」と柏餅を勧められる。この地の柏餅は『東海道名所記』に「柏餅ここの名物なり。小豆をつつみし餅、裏表柏葉にてつつみたる物也」と記され、江戸後期の広重画『東海道五十三次』二川（猿の馬場）にもかしわ餅と染め

抜いた旗を掲げた茶店が描かれている。猿が馬場は現在の湖西市境宿新田。次の潮見坂は山地から海辺に降りる坂道。遠く太平洋の海原を見はるかしながら、余介一首、

名に愛《め》でてなつかしくおもふ思ひきや君が目元のしほ見ざかとは

この坂を降りた海辺の里が、松風が住んでいるという白菅（白須賀）の里。現在の白須賀は、宝永四年（一七〇七）の遠江を襲った大津波でほぼ全壊した村が、その後、潮見坂の上に移動して再建されたもの。余介が訪れた白菅は、それ以前の海辺にあった集落で、現在の元町の辺りである。

余介たちが白須賀に着くと、とある家から美しい琴の音が聞こえてくる。耳をそばだてると想夫恋の曲。里人に尋ねると松風が弾く琴という。余介が立ち去り難く思っているところに、赤岩寺で見知った下女と出会い、余介は自分の気持を打ち明けて、恋の思いを連ねた長歌を託した。しかし松風から届けられた返事はつれないもの、「なにはにつけて、よしあしとおぼしめされん言の葉も、ざつと御やめくだされたく候《そうろう》」とある。余介が落胆しているところへ、前ほどの下女が勇む様子でやって来て、松風が説得に応じ、今晩訪ねて来るようにとのお言葉であったと伝えた。その夜、邸内に迎え入れられた余介たちは松風と対面し、歓待を受けて酒宴の興をつくす。夜ふけて余介と松風は枕を交わし互いに親しく語り合う。やがて鶏の声がして朝になり、二人に別れの時が来る。松風が、

今しばしとまらせ給へさりとては定めなき世の仮りの宿りに

と詠めば。余介、

今しばしとどまればとて尽きすべき思ひならねばまたやがて来ん

と応酬し、悲しい別れを嘆いていると、遠山寺の鐘の音が余介のうた寝の眠りを覚ましたのであった。松風との交流はまさに春の夜の夢であった。

以上があらすじである。

滑稽の道中記　『ねごと草』上巻で、余介は美人の面影を追いながら、赤岩寺から白須賀までの小旅行を試みている。通過した土地ごとに、金内とともに和歌を詠み、ときには狂歌、俳諧を交え、募る恋心を表出し、辿り行く土地ごとの特徴を詠み上げていく。

余介と松風の遊宴。
（稀書複製会『ねごと草』）

岩屋観音のあたりから先は、旧東海道、現在の、国道一号線に沿った道筋であるが、車の往来が激しい現代となっては、往時の面影は殆ど残らない。『ねごと草』の滑稽を主にした軽快な文章は、江戸時代初期、人々の人気を博した『竹斎』や『東海道名所記』の影響をうけた道中記のスタイルということができよう。『竹斎』は京都で居場所を失った竹斎という医者が、江戸に向かって東海道を東下し、いく先々で様々な失敗を繰り広げ、その度ごとに狂歌を詠んで窮地を切り抜けるという滑稽・機知を主にした物語であるし、『東海道名所記』も、実用的な旅行案内を兼ねて、街道筋の様子を面白く描いた読み物で、狂歌も数多く挿入されていて、広く愛読された作品であった。

それにしても、都から遠く離れ、特別有名な場所ともいえない三河・遠江の国境の道筋が、どうして物語の舞台になっているのだろうということから、物語の作者は、このあたりに住んだ人だろうと考えられていたが、岸得蔵氏はそれが吉田（豊橋）住の小野久四郎（俳号、愚侍）であることを明らかにされた。作者がそうした人物であれば、『ねごと草』の道筋は彼の生活圏の範囲内であったことが理解されるのである。

艶書　恋の行方

下巻では、白須賀の里に着いた余介が、松風の弾く美しい琴の音を聞いていると、赤岩寺で顔見知りになった女と出会い、自分の思いを打ち明ける。余介は勧められて艶書をしたためるが、それが七五調の長歌。その一節を引くと、

袖に流るる　なみだ川　底の淵瀬や　深くして　恋の重荷に　身をしづめ　なにをたよりにうき草の　波にただよふ　わが身をば　君ならずして　あはれとも　たれかとふべき　とにかくに　人を死なしやる　お殺しやる　助けたまへや　おなさけを（下略）

というような調子。「人を死なしやる、お殺しやる」などと、いかにも当時の砕けた表現が取り込まれていたりして時代的な新味も見られる。

実は江戸時代初期、若い女性向きの艶書（恋文）の書き方が流行し、『薄雪物語』という書簡体の物語も出版されているほどで、手紙の書き方、言葉遣い、和歌・古典の引用などを学ぶ教材ともなっていた。『ねごと草』はそうした当時流行の艶書の例を見せているのであり、作者の流行に対する関心の深さが窺える。

さて、見そめた美女との契りというクライマックスのシーン、余介は侍女に導かれて松風と対面し、盃を交わす。周りの女たちが三味線を調べ今様を歌う花やかな宴席に時刻を過ごす。余介と松風は比翼の語らい浅からず一夜を過ごすが、後朝《きぬぎぬ》の別れがやって来る。松風が詠んだ、

今しばしとまらせ給へさりとては定めなき世の仮りの宿りに
の和歌は「定めなき世」つまり「死」を暗示させて、ひどくはかない感じがする。

一方、松風と別れて身の置き所もない余介は、遠寺の鐘の声に気がつくとすべて夢、ただ松風の声が響いているばかり。

亡妻への追悼　結末がすべて夢であったという設定は、なんともあっけない終わり方で、読者に肩透かしのような、空しい印象を与える。文字通り、夢物語であった。

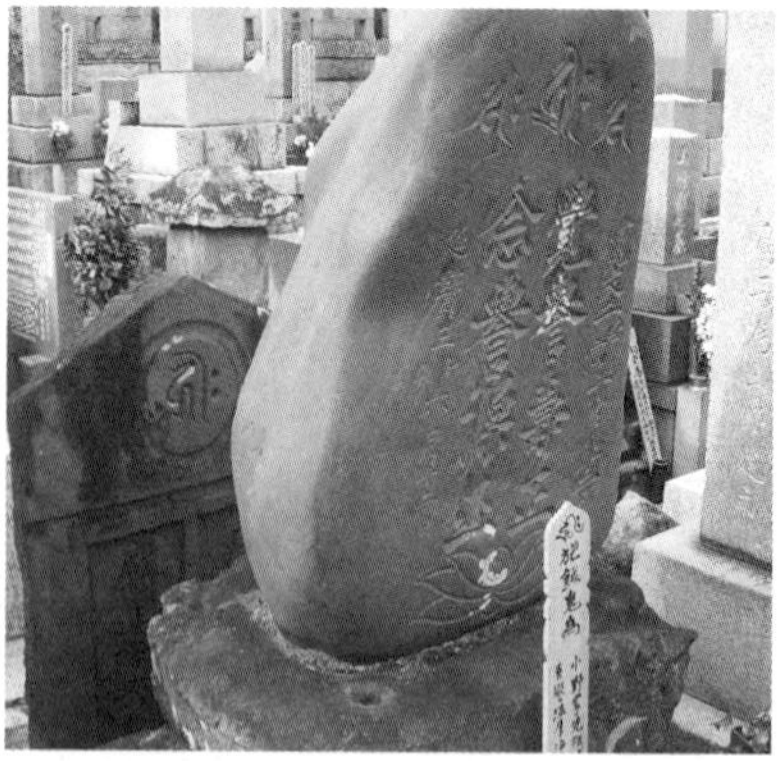
小野久四郎の墓
（豊橋、悟真寺）

愛してやまない松風と結ばれながら、夢さめてただ吹き渡る松風の音の中にただ一人という結末には、どこか痛切な思いが残る。当時流行のさまざまな表現を駆使してこれを書き上げた作者が、ただ一片の夢物語を書いただけとも思われない。岸得蔵氏は小野久四郎（愚侍）が、先立った妻への追悼がこの作品執筆の動機ではなかったかと推察しておられる。亡き妻に、恋人の松風を重ねていたのではなかろうか、と。

小野久四郎（愚侍）は、吉田（豊橋）の人。吉田藩御用達を勤めた富商「小野屋」へ、高須家から婿養子に入ったらしい。俳諧は梅盛門。「愚侍」の俳号で、貞門俳書に数多く発句を載せており、寛文期、三河を代表する俳人であった。京都、江戸へも出掛けた経験もあった。墓は関屋町の悟真寺にあり、墓石に「念誉源正」「覚誉寿正」と二人の法名が彫られている。このうち「念誉源正」は久四郎本人と思われ、延宝三乙卯六月十二日の忌日があり、それに並ぶ「覚誉寿正」には、寛文二壬寅十月十二日の忌日がある。「覚誉寿正」は久四郎の妻であるのだろう。ちなみに『ねごと草』の刊記は「寛文二年寅霜月吉日」。これが久四郎の妻だとすれば、十月の妻の死去から程をおかずに『ねごと草』を執筆し、十一月の日付で出版したということになる。

それにしても、大木巴牛の書留に「(『ねごと草』は)吉田本町の人、小野久四郎撰」(近藤恒次『三河文献総覧』)と記された小さな記事から出発して、種々の郷土、俳諧資料を渉猟し、実地の踏査を重ねて、『ねごと草』作者、小野久四郎(愚侍)について多くのことを明らかにされた岸得蔵氏の研究は、実に貴重なお仕事であることを記しておきたい。

●──浄瑠璃十二段草子

お伽草子の中で愛知県にかかわる物語といえば、牛若丸と浄瑠璃姫のラブ・ロマンスである『浄瑠璃十二段草子』が第一に挙がるだろう。室町末から江戸時代初期、広く親しまれた物語で、語り物としても流行し、こうした語り物を総称して「浄瑠璃《じょうるり》」と呼ばれるようになったことからしても、この物語がどんなに愛好されたかが窺えるというものだろう。

浄瑠璃姫の物語　三河の国司、源中納言兼高と矢矧《やはぎ》(岡崎市)の遊女の長者は、間に子がないことを悲しみ、峰の薬師(三河の鳳来寺)に祈って一人の姫君を授かった。東方浄瑠璃世界の教主、薬師仏の子であることにちなみ、浄瑠璃と名付けられ、大切に養育されて美人に育つ。

一方、鞍馬に預けられていた源氏の御曹司牛若丸、十五歳のとき、奥州平泉に下る金売り吉次にともなわれ、東下りの旅に出る。近江、美濃、尾張を過ぎて三河国、矢矧の宿に宿泊する。馬

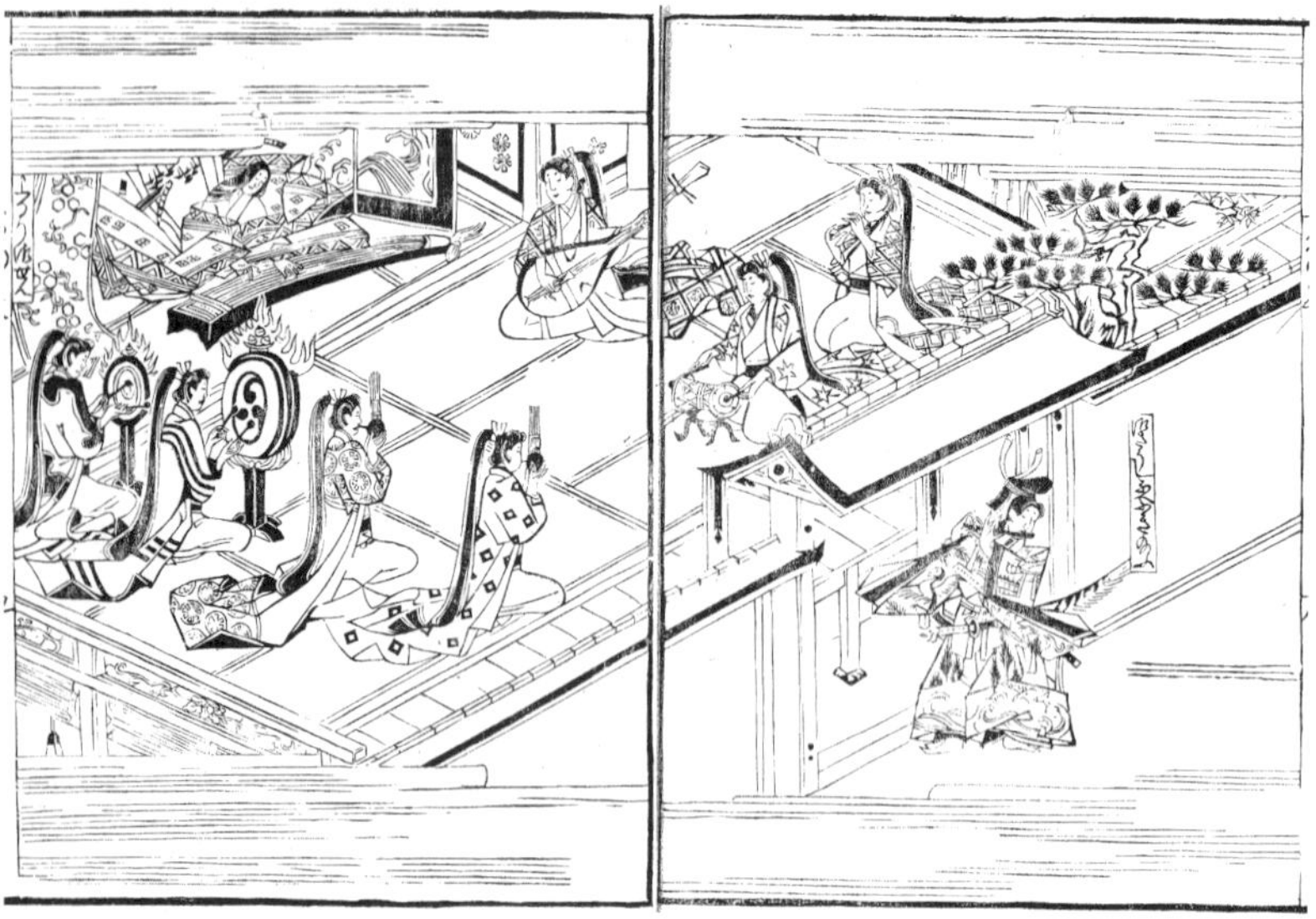

浄瑠璃の琴、牛若丸の笛（『十二段草子』阪口弘之氏蔵）

の番に当った牛若丸は夜更けてそこを忍び出でて徘徊するうち、浄瑠璃姫の館に至り美しい琴の音を聞く。折しも邸内では浄瑠璃が琴を弾くなど管絃が催されていたが、牛若丸は笛の役がいないのに気付き、右の袷《あわせ》の袂から「蝉折」の笛を取り出して吹き合わせた。浄瑠璃姫はこれを聞くと、皆の手を止めさせて、笛の音に聞き入る。そして玉藻の前、続いて十五夜に命じて笛の主を見に行かせる。浄瑠璃姫は、それが立派な衣装を身に纏った牛若丸と知って、次に「風くちなれど散らぬ君かな」と一句を詠みかけさせる。牛若丸は「ちはやぶる神も桜を惜しむには」と付けたのであった。

浄瑠璃姫は再度、「南枝の梅か、北枝の桜か」と尋ねさせると、牛若丸はその謎を解き、一通の文を渡す。その夜、牛若は姫に艶書を送ると、姫からも言葉の彩《あや》に満ちた返しが届く。言葉の裏に隠された姫の思いを読み取った牛若は、姫のところを訪ねて音楽の興を尽くし、二人は夫婦の契りを交わす。

旅を続ける吉次とともに矢矧を出発した牛若であったが、駿河国の蒲原で重病になり、日数を延ばせない吉次たちは牛若をそこに置いたまま出発する。残された牛若の病気は重り、うしろの浜に捨てられる。正八幡が僧の姿で現れ、牛若の伝言を聞き、矢矧の姫に伝えると、姫は早速に駿河に向けて旅に出、牛若を探す。砂に埋もれた夫の姿を見出して、流した涙が牛若の口に入って、牛若は蘇生する。牛若は一年後に矢矧を訪れることを約して奥州に向かう。姫は天狗に運ばれて矢矧に帰った。

『浄瑠璃十二段草子』のテキストは非常に多い。右のあらすじのあとに、牛若が矢矧の宿を訪れ、姫と再会しようとしたが、姫はすでに亡くなっていたこと、牛若が姫の墓で和歌を詠み掛けると、五輪塔が砕けること、などを記した本もある。諸本間の関係は複雑で、単純な系譜づけは困難である。

峰の薬師、鳳来寺　浄瑠璃姫の名前の由来ともなった薬師仏は、三河国の鳳来寺の本尊である薬師である。鳳来寺は奈良時代、利修仙人が開いたという山岳仏教の霊場で、「峰の薬師」の名で広く信仰を集めた。往昔、数多くの堂塔、僧坊が一山に立ち並び繁栄をきわめたが、明治の廃仏毀釈によって衰微した。現在、杉の大樹が欝蒼と空を覆う参道は、千四百余段の石段が長く続き、参道脇に建てられた石灯籠には「峰薬師如来」と深々と彫り込まれている。

信多純一氏は、『浄瑠璃十二段草子』の成立について「三河鳳来寺の巫女集団（冷泉派か）によって、東海道筋に多く残る遊女と貴公子の恋愛譚の一つとして形成された唱導が、中央の教養人によって文章化された可能性が高い」（新日本古典文学大系『古浄瑠璃　説経集』解説）と述べられている。

人々に愛された物語は、もともと矢矧の宿の遊女たちなど三河国で語られていたような伝承が都に運ばれ、長い時間をかけて文筆の人々がさまざまに手を加え、次第に洗練させていったもの

鳳来寺遠景（新城市）

と考えられる。ただし、古い時代のことはよく分からない。さらにそれより古く、鳳来寺の本地譚として原初的な浄瑠璃姫の話があったかどうかについては全く手がかりはなく、まだ検討の余地はあるだろう。

三条西実隆の『実隆公記』文明七年（一四七五）七月の紙背に、「いつものじやうるり御ぜん、しだ□□のなどをかたられ候はばよく存じ候」と書かれた一文が残り、この頃には「浄瑠璃御前」の語りが行われていたことが知られる。

室町時代末の資料から『浄瑠璃十二段草子』を見れば、禅僧、万里集九の『梅花無尽蔵』文明十七年（一四八五）九月、矢矧での詩には、

出二刈谷城一三里余　宿云二矢作一記二其初一　伝聞長者婿源氏　秋水痩辺閑渡驢

とあり、矢矧（岡崎）の地に至れば、牛若丸の物語が脳裏に浮かんだことが知られ、また伊勢神宮内宮の神官であった荒木田守武の俳諧『守武千句』（天文九年（一五四〇））には、

じやうるり語れともしびのもと
こよひはや時はうし若深《ふけ》はてて　（守武千句、第九）

の句があって、浄瑠璃と牛若が付合《つけあい》になっているように、この頃にはかなり広範囲に広まっていたことが見て取れる。

また連歌師の宗長の『宗長日記』享禄四年（一五三一）の、

小座頭あるに、浄瑠璃をうたはせ、興じて一盃にをよぶ。

や、『言経卿記』天正十五年（一五八七）四月一日条に、

入夜興門座頭梅一来。会已後、平家上るり等三線等引之。

とあるような記事からすれば、「浄瑠璃」（牛若・浄瑠璃姫の物語以外の語り物も含む）は、もっぱら座頭（盲人）によって語られていたようである。

「浄瑠璃」という芸能が人形操りと連携し、衆人の前で興行的に演じられるようになるには、さらに長い時間が必要だったことだろうが、「浄瑠璃」がその伴奏に、従来の鼓や琵琶などリズムを打つ要素の強い楽器から、三味線という当時最先端のメロディ楽器を次第に取り入れていったことは、人々の心を大いに魅了したことであろう。「浄瑠璃」の初期の語りに当たって、三味線が果した役割も無視できないだろう。

浄瑠璃姫の物語は、都下りの貴人、牛若丸と長者の娘との恋愛譚が主筋である。二人の出会いが笛と琴、そして和歌の遣り取りであるとすれば、それほど物語的に変わった構想とも思われない。また、峰の薬師の申し子の受苦、そして成仏が描かれる本地譚であるにしても、これもまた中世には数多く見かける構造であって、格別目新しい工夫とも思われない。それにもかかわらず、なぜこの作品が当時の人々に受けたのだろうか。もう一つの魅力を考えてみたい。

艶書、大和詞　現在、テキストとして残る『浄瑠璃十二段草子』を読んでゆくと、さまざまな場面がある中で、特に牛若丸と浄瑠璃姫の、出会いから契りに至る部分の描写が最も分量が多く、熱心に語られている。現存テキストからすれば、この物語の見所の一つは、二人の言葉のやりと

りにあったと思われる。

「笛の段」では浄瑠璃姫が牛若の笛の音を聞きつけ、「物見の段」では侍女に笛の主の様子を見に行かせ、「風口」では応答した牛若の文を見て、牛若を屋形に招き入れる。「局入《つぼね》」で牛若は屋形に入り、「忍び入りの段」では美しく飾られた姫の部屋に入り、「四季の段」では四面の屏風の有様が述べられる。「姿見の段」で牛若は寝ている姫の姿を見て声を掛ける。「枕問答の段」で牛若は切々と我が胸の内を訴え、「大和詞の段」で大和詞の謎を言い掛けるが、姫はすべてを言い当てる。「精進問答の段」で、姫が亡父の精進中と断わると、自分は義朝の八男、源氏の御曹司と名乗り、二人の中がうち解ける。「御座移りの段」で二人は盃を交わして一夜をともにするが、朝には別れが待っている。

この後、牛若は吉次に従って奥州へと旅立つのであるが、浄瑠璃姫と牛若、二人の恋の展開は段きざみで詳述され、各段、美辞麗句を連ねて濃艶な情趣を醸し出している。牛若の着衣、屋形の泉水、姫の部屋、等々。姫の寝姿などの描写は、
姿を申せば春の花、形を申さば秋の月、じつぱら十の指までも瑠璃を延べたる如くなり。芙蓉の御目も鮮かに、丹菓の唇美しく、笑める歯茎は愛をなし、頸露の頤《おとがい》玉に似て、緑の眉墨細やかに、青黛が立板に、香炉木の墨を磨り、さつと流して見る如く、三十二相は紫磨黄金、八十種好を列ねつつ、……

という風で、美人を形容する類型的な表現を連ねていくばかり、ほとんど具体的な描写はなく、陳腐という印象は免れがたい。しかし、比喩を用いて誇張し、どこまでも連続する過剰な表現は、

粘っこい力を感じさせ、異様ななまめかしさを漂わせる。

テキスト化されたこの物語は、こうした饒舌な言葉というものに意味を込めていたようである。「大和詞の段」では、歌語、雅語を謎仕掛けに用いる言葉の遊びが見せ所となっている。牛若が姫に「繋がぬ駒、野中の清水、沖漕ぐ舟、峰の小松、笹に霰、一叢薄、埋火、筧の水、細谷川に丸木橋、飛騨の匠が打つ墨縄、香の煙、安達が延べたる白真弓、……」と、意味の通じない言葉を伝えたのに対し、姫は、繋がぬ駒とは「自らに主が無いとの御諚《じやう》かや」と解し、以下、野中の清水とは「独り心を澄ませ」という意味、沖漕ぐ舟とは「焦がれて物を思ふらん」、峰の小松とは「嵐激しい」、笹に霰とは「触らば落ちよ」、一叢薄とは「早々穂に出でて乱れ合へ」、埋火とは「色に出でねど底で燃ゆる」、筧の水とは「夜毎に通へど未だ落ちぬ」、細谷川に丸木橋とは「文返されて濡るる袖かな」、飛騨の匠が打つ墨縄とは「只一筋に思ひ切れ」、香の煙とは「胸の煙」、安達が延べたる白真弓とは「引く手に靡け」、……と解き、「都言葉は知らねども大和詞は返すなり」と答えて、教養の一端を示したのである。

こうした、歌語を比喩的に用いて謎の言葉とする修辞法は、姫も言っているように「大和詞」と称されたもので、江戸時代初期の頃には大いに流行した。お伽草子でも『小男の草子』『ふくろふ』『みなづる』『物くさ太郎』などにも取り入れられている。ストレートに恋の言葉を口にすることをはばかり、優美な大和言葉で類推させようとした技巧であるが、それが次第に固定化したものが「大和詞」なのだろう。

延宝九年（一六八一）に刊行された『増補大和言葉』は、和歌や連歌に用いられる言葉を集め、

語義を注記した辞書の一種であるが、中には、

ほしあひの雲とは　ゆきあふとの事なり
たにのこほりとは　とけやらぬを云
山路のほととぎすとは　ゆきやらぬを云
みねのしらくもとは　よそに見てすぐるを云

などといった例が見られる。『浄瑠璃十二段草子』はこうした言葉に対する知的な関心を取り込み、謎仕立てに仕組んで読者の興味を引き寄せているのである。

前に見た『十本扇』の扇絵の謎仕立て、そして『ねごと草』の艶書に対する関心なども、この「大和詞」流行と根を一にするものであろう。

●――うばかわ

尾張にかかわるお伽草子作品には、『うばかわ』『熱田の神秘』などがある。ここでは、甚目寺の霊験譚として書かれた『うばかわ』について見ていきたい。『うばかわ』(表題『うはかは』)という題名は、主人公の姫君が身に着ける、外見には姥に見える衣「姥皮」によっている。次に物語のあらすじを記そう。

応永の頃、尾張国岩倉の郷に成瀬左衛門きよむねという人がいた。妻を亡くし姫君とともに暮らしていたが、後妻を迎えた。間もなくきよむねは大番の役で上洛することになり、姫君のことを頼んで出発した。しかし、継母は姫君を虐げたため、姫君は家を出、亡き母が信仰していた甚

化物かと疑われ、
切られそうになる姫。
(『うばかわ』、
名古屋市博物館蔵)

目寺の観音堂に赴き、内陣の縁の下で祈りを捧げた。三日めの明け方、観音菩薩が現れ、美しい姿では人に奪われてしまうだろう、その姿を隠す姥皮という木の皮のような物を与え、これを着て近江国の佐々木民部たかきよの屋敷に行くように告げた。

姫君が言われたとおり、たかきよの屋敷に行くと、たかきよの子息十郎たかよしが彼女に目を留め、火焚きとして家に入れる。ある夜、姥の姿の姫君が花園に出て月を見上げているのを、たかよしが目にし、いぶかしく思っていると、それとも知らず姫君は、姥皮を少し脱ぎ、美しい顔を現した。たかよしは、怪しき物と思って太刀を抜くが、姫君は今までの事情を話したため、たかよしは感動し夫婦の契りを結んだ。

甚目寺《じもくじ》の観音　物語は継子いじめの話で、虐げられた継子が苦難を経ながら最後には幸福になるという構造を持っている。よく知られたシンデレラの話も、日本の『落窪物語』『住吉物語』などもこの構造の埒外にでるものではない。日本の昔話にも「米福糠福」「お銀こぎん」など、継子を扱った話が多くあり、実は『うばかわ』も昔話として広く民間に語り伝えられていたもので、お伽草子『うばかわ』も恐らく、昔話をもとにして草子化されたものであろう。その際、尾張国岩倉に住む成瀬氏の姫君を主人公に設定し、同じ尾張の甚目寺観音の霊験を強調したものと思われる。

甚目寺は名古屋の近郊、あま市甚目寺東門にある真言宗智山派の

甚目寺（あま市）

寺。奈良時代、推古天皇のころ、漁師の網にかかった観音像を祭ったのが最初と伝えられる。もと「甚目寺《はだめでら》」。幾度か栄衰を繰り返したが、その度に再建され、今日も人々の信仰を集めている。本尊は聖観音。

日本人の観音菩薩に対する信仰は古来、非常に深いものがあり、現世利益の救済を実現する観音の霊験を語る話は、『今昔物語集』を始め、物語、説話の中でおびただしく描かれている。臨終に際して、死者を極楽浄土に導く阿弥陀仏とは違って、観音は現世において、もろもろの苦難を救済する仏であり、困窮、病気、危機などに際し、ひとたび「南無観世音」と唱えれば、たちどころにその危機を救ってくれるという（『法華経』観音品）。平安時代以降、特に多くの女性が信仰し、清水寺、石山寺、長谷寺などへの参詣も行われた。継母から虐待される継子の多くは女子で、この物語にも観音の女性に対する慈愛が強調されている。

姥皮という呪宝

ところで、この物語に登場する姥皮、それを着れば姥の姿に見えるという衣であるが、もちろん現実にはありえない。この魔法の姥皮こそ、姫君の幸福を招き寄せる最大の手段であったことは言うまでもない。この姥皮というもの、竜宮、あるいは鬼などの霊的なものが住む異界にあるとされていた呪宝の一種「隠れ蓑」の変形ではなかろうか。

隠れ蓑隠れ笠をも得てしがな来(着)たりと人に知られざるべく　平公誠（拾遺集十八）

という和歌は、自分が訪ねて来たと知られないように、隠れ蓑・隠れ笠がほしいものだ、の意で、女性のもとへこっそりと通うために透明人間になりたいと願っているのだが、昔も今も変わらない男の心理といえようか。

鬼の宝については、源為朝が鬼ヶ島に至り、鬼の宝について尋ねたところ、古く「隠れ蓑、隠れ笠、浮き履《くつ》、剣」などの宝があったが、今は存在しないという返答を得ている（『保元物語』）。これらの呪宝は、仏書『経律異相』の「隠形帽、履水沓、殺活剣」をもとにしているのだろうと指摘されている。お伽草子の『一寸法師』に描かれた「打出の小槌」も鬼が持つ呪宝であった（版本挿絵には打出の小槌のほか、隠れ蓑、隠れ笠も描かれている）。『今昔物語集』巻二十には、染殿の后に恋した聖人が思いを晴らすために恐ろしい鬼になったときも、「槌を腰に差したり」と触れられているように、鬼に呪宝は付き物であった。

『宝物集（九冊本）』には、人にとって第一の宝とは何であろうかという問いに、ある人は「隠れ蓑」と答え、姿が見えなければ食物、着物も取り放題、人の隠していることを知り、恋しい人にも自由に会えるという。すると傍らから別人が、それは盗人の業である、それよりも「打出の小槌」こそ第一の宝、家でも妻でも、馬・車・食物・着物、何でも打ち出せるという。するとまた、傍らから、打出の小槌は宝には違いないけれども、鐘の声を聞くと打ち出した物が「こそこそと」消失してしまうのが残念だと言っている。

話はこのあと、金が宝だといい、玉が宝だといい、また子が宝だといい、命が宝だといい、最後に仏法こそ宝だという人がいて、以下、仏法についての話が述べられていく。

隠れ蓑・隠れ笠　ここに見える隠れ蓑、隠れ笠は、これを身に着ければ姿が見えなくなるというもので、それを着れば本来の姿を隠すという姥皮と小異はあるものの、自らの姿を変え、他人の目をあざむくという点では、よく似ている。

姥皮は、観音菩薩から姫君に与えられたものであるが、木の皮を綴り合わせたような、外見はきわめて粗末な衣が偉大な力を発揮するところに、読者は魅惑されるのだろう。

助けるのが観音様なら、こんなにまだるっこしいことをせずとも、彼女に幸せをもたらすことが可能であったにもかかわらず、幸せへの逆転劇を、このように演出して見せているところに、観音の力を宣伝しようとする物語作者の意図がうかがえる。中世の多くの物語には神仏が登場し、人それぞれに応じた幸、不幸を授けているが、もちろん神仏は人間の目には見えない。ただ不思議な結果を見て、はじめてそれが神仏の配慮であったかと分かるのである。神仏の冥慮は人知では計り知れず、一見、不合理に見える事柄も、実は神仏による深い配慮が働いており、最後に因果応報の理が示されることによって、人々は神仏の存在を実感するのである。

呪宝というもの、人々が願望してやまないものであるが、物語の中であまりにも融通無碍《むげ》に描かれると、いかにもご都合主義の感がして、物語の緊張がばらけてしまう。『宝物集』に指摘されているように、いくら重い宝であっても鐘の音が聞こえるだけで、一瞬にして消滅してしまうというような厳しい条件が必要であり、それは観音への激しく、深い信仰に裏づけられていなければならないものであろう。


『鉢かづき』　『うばかわ』を読んで想起されるのが、よく知られた『鉢かづき』であろう。

河内国交野の辺りに住む備中守さねたかは、観音を信仰する思い篤く、一人の姫があった。姫

火焚きの鉢かづき
(延宝四年版本『鉢かづき』)

君十三歳のとき、母が病死するが、その死際に、姫の頭に鉢をかぶせた。その鉢はどうしても頭から外すことができなかった。さねたかは後妻を迎えるが、後妻は姫を嫌い、街の辻に捨ててしまう。異形の姿のまま、姫は各地を流浪するが、山蔭三位中将の邸で火焚きの女として雇われる。人々から冷視される姫であったが、中将の四男、宰相が彼女の美貌を目にし、両親に結婚の話をするものの反対され、それでも諦めない宰相に、姫を兄弟の嫁たちと容姿や教養を較べる「嫁比べ」が提案される。醜い姿の姫君は大いに困惑するものの、当日、鉢が頭から落ちて中から種々の宝物が現れた。「嫁比べ」の席には、人々が予想もしなかった美しい姫が現れ、和歌や音楽の教養にも勝れていたので、宰相と結ばれることになった。

一方、さねたかの後妻は邪険な性格で人々も離れてゆき、零落した。父さねたかも旅に出、長谷寺に参詣したとき、生まれた子を連れて長谷寺へお参りに来ていた宰相・鉢かづき姫と出会い、親子の再会を喜んだ。これも長谷寺の観音の利生によるものであった、というものである。

主人公の少女、観音信仰、継子いじめ、異形、幸せな結婚、親子の再会、といった主要な部分は、『うばかわ』と共通する。『落窪物語』以来、継母による陰湿な継子いじめは、数多く描かれてきたが、姥皮や鉢によって、美しい姫君が一時的に醜い姿をとる趣向は、お伽草子特有で、背後に見えそなわす神仏の存在を強く意識させるものである。

『うばかわ』と『鉢かづき』の成立時期は、残念ながらよく分からない。どちらが前ともいえない。ただ、『うばかわ』の姫君も、『鉢かづき』の姫君も、共に我が身の美しさをカモフラージュする不思議なものを身に着けている。前述のように、鬼などの異界に伝わる呪宝として「隠れ蓑」「隠れ笠」があった。『うばかわ』の姫君が着る姥皮が、隠れ蓑の変型とすれば、『鉢かづき』の鉢は、頭に載せる隠れ笠の一種と考えられよう。呪宝が置き換えられた話のようにも受けとれる。ただ『鉢かづき』の姫の鉢が頭から取れないというのは新しい設定でユニークであるが、着脱可能な姥皮に比べると不自由ではある。夜ふけて若君が姫の美しい姿を見出す場面で、『うばかわ』では、姫が「少し姥皮を脱ぎ給ひて、美しき御顔ばかりさし出して」と、姥皮を脱いだので、その美しさが若君の目に入ったのであったが、『鉢かづき』では若君の足を洗う姫の手足が美しく見えたので、若君の目に止まったことになっている。姫が鉢をかぶったままで顔を見ていないにもかかわらず、若君は「かほどにもの弱く、愛敬世《あいぎょう》にすぐれ、美しき人はいまだ見ず」と述べて、物語を前に急いでいる。

その代わり、『鉢かづき』の物語は、『うばかわ』に比べて、長文、そして叙述も詳しいが、呪宝である鉢の効果についても、読者を驚かせるようにかなり周到に準備している。嫁比べの設定、追い詰められた姫の苦境、そして取れないはずの鉢が落ち、そこには黄金、銀、十二単の衣装などの宝物が一杯詰まっていた……。鉢の中から宝が出てきた点は、『鉢かづき』の鉢には、ただに身を守るカモフラージュの役割だけでなく、打出の小槌の要素も加味されていたのである。『うばかわ』『鉢かづき』とよく似た作品に『花世の姫』もあるが、省略する。

〔岐阜県〕

●――東勝寺鼠物語

『東勝寺鼠物語』 岐阜市から二五六号線を北上すると、山県市大桑《おおが》に至る。戦国時代、この山あいの地に大桑城があったが、この大桑に住んでいたという鼠の太郎穴元をめぐる物語が、『東勝寺鼠物語』である。

次にこの物語の梗概を記そう。

都に住む鼠阿弥陀仏という遁世の鼠がいた。いろいろ善根を積んでいたが、貧困の余り、日本各地の神社仏閣巡拝の旅に出、奥州に至った。そこで奥州五十四郡を領知する分限の鼠に一飯の扶助を頼んで受け入れられ、しばらく逗留することになった。ところが領主たるこの鼠、堅固な城を誇って政道を乱し、奪い貪り、拷問を加え、人の嫌うことを好み、悪行の限りをつくす無法者であったため、不慮の死を遂げた。一家一門の者たちも猫に食われてしまったので、鼠阿弥陀仏がその一跡を譲り受け、五十四郡の領主となった。

鼠阿弥陀仏の子孫で、美濃国山県郡大桑郷に住む鼠の太郎穴元は、人生の無常を観じ、地元にある東勝寺という禅寺に穴を掘って移り住み、参禅した。ところが、子鼠どもが寺内を駆け回り、悪さをしたので、人々は様々な鼠捕りを仕掛けたが捕らえられなかった。九月三日の月待ちの夜、人々が寺に集って様々の芸を楽しみ、庫裏《くり》では食事の用意をしていると、蓋垣の上でごそごそ物音がする。ある沙弥《しやみ》（僧）が火箸で突いたところ、鼠がバタと落ちて死んだ。人々は、いつも大事な本を食いかじる鼠だといって喜んだが、いくら悪鼠とはいえお寺でのこと、沙弥は明日死んだ鼠の弔いをしようと思い、置いておいたところ、ある武士が鷹の餌として持ち帰り、さらに医書を少々読んだことのある者が、「鼠は万物の薬」といって、皮を剥き、身を切り串刺しにして、炙って食べてしまった、という物語である。

往来物　『東勝寺鼠物語』は実は単なる鼠の物語というだけではない、別の大きな目的を有している。往来物、すなわち子供たちの教科書として編まれたものである。往来物には、古くは『明衡往来』、『庭訓往来』、『尺素《せきそ》往来』などがあり、近世にも数多く作られた。その内容は手紙のやりとりによって知識を得るというものであったが、ただ、難しい語彙の羅列が目立ち、子供に対してという配慮はみられない。おそらくこれでは、子供たちは興味をもたないだろうと考えた作者が、身近な鼠を主人公に設定し、物語の展開を楽しみながら、さまざまな事柄を学ばせようとしたものだろう。次に『東勝寺鼠物語』の一部、食べ物の箇所を見てみよう。

本膳に用いられる食材には、麩《ふ》の刺味、六条、蒟蒻《こんにゃく》、青茄、油昆布、真茄、郷食、煮染牛蒡、荒布、名荷の鮎鮨、大根の膾《なます》、鴨瓜、独活《うど》の香の物、青蕎麦を挙げており、二の膳には、聚汁《あつめ》、芋、大根、茄子、薯蕷、焼栗、干松茸、滑茸、大豆、干蕨、土筆、豆腐が挙げてある。これに汁、調味料の膳が付き、酒が振舞われる。

食後の菓子（果物）には、各種の瓜をはじめ、麩の油煎り、唐納豆、胡桃《くるみ》、笋、干し青苔《のり》、紅苔《くのり》、岩苔、鶏冠《とさか》苔、神馬藻、こもの子、甘苔、塩苔、海藻、生栗、搗《かち》打栗、木練《こねり》、木淡《きざわし》、串柿、熟柿、棗《なつめ》、はしばみ、李、椎、枇杷、杏子、虚《(ママ)》松実、野老《ところ》、山女《あけび》、岩梨、むかご、檎梧《りんご》、石榴、楊梅、かや、柚、柑、柑子、橘、雲州橘、榕柑、金柑、天蓼《またたび》、菱、烏芋《くわい》、いちご、百合、草実、白角豆、えん豆、茘子、苦豆、煎り豆、伏兎、曲《まがり》煎餅、焼き餅、あこや、しとぎ、興し米などが挙げられ、さらに茶の後の点心には、温飩《うんどん》、饅頭、切麺、素《そう》麺、碁子《きし》麺、蒸麺、冷麺、入麺、巻餅《けんぴん》、水繊、水団《すいとん》、温糟《うんぞう》、糟雞、鼈羹《べっかん》、羊羹、猪《ちょ》羹、驢腸《ろちょう》羹、笋羊羹、砂糖餅、小豆粥、白粥、湯漬、炮飯、強飯、糒《ほしいい》、粽《ちまき》といった食品が用いられるとしている。これらの記述は、恐らく室町時代の食膳の有様を反映しているものと思われ、現代人の食べ物と比較しても興味深い。

山県市大桑　この『東勝寺鼠物語』の成立は、本文中に「天文六年」（一五三七）の記載があり、おおよそこの頃に書かれたものと思われる。織田信長が生まれた頃である。作者については不明。本文に美濃国山県郡大桑郷と特記され、そこにあったという東勝寺が舞台になっていることから、その頃、大桑に住んでいた僧などの手に成るものだろうと推測される。

大桑は現在、岐阜県山県市にある地名で、室町時代後期には美濃守護の土岐頼純・頼芸などが大桑城を拠点としており、次第に実力を蓄えてきた斎藤道三に対抗していた所である。大桑には東勝寺という寺はなく、現在洞照寺という寺があるが、江戸時代初めの創建と伝えられていて、この物語の舞台ではありえない。

これより以前、応仁の乱の折には、戦乱を避けて一条兼良や専順らが実力者であった斎藤妙椿を頼って美濃へやって来たことはあるが、革手（岐阜市）から離れた大桑という山あいの地で、こうした著作が成されたことは非常に珍しい。この時代の、地方における文化のありようを考える上で、たいへん貴重な例といえる。ただ、この作品がどれほど流布し広まったかは分からない。実際のところ、ほとんど広まらなかったのではないかと思われる。現在この作品は京都大学図書館に、写本一冊が伝わるだけで、外に伝本は知られない。こうした事情を勘案すると、この『東勝寺鼠物語』という作品は、偶然に残存したもののようである。それにしても、鼠という小動物を主人公に構え、堅苦しい往来物に物語性を導入し、学習と娯楽の両方を修得できる世界を作り出したのは、注目すべき創意と言える。

同書は、最後に「他国より鼠が国、他の寺より鼠が寺とあふぎ、七難即滅、七福即生、寺内門前の在家までも福貴繁昌と守護すべし」と述べている。東勝寺が世間で「鼠の寺」と評判になり、美濃国が「鼠の国」と評判になったというのは、誇張の感はあるが楽しくもある。子鼠が殺され、薬として食われた親鼠は、子鼠の追福を願い、「矢庭に殺され、かかるうきめを見て、悪心を止め、善心におもむかん事、これぞさとりの種なるべし」と述べている。物語の最後を仏教的な救済という常套的な形で閉じるのは、いかにも中世という時代を感じさせる。

鼠が主人公の物語

お伽草子には、鼠を主人公に設定した作品がかなりある。鼠の物語のなかで最もよく知られているのは、『鼠の草子』（鼠の権頭）という絵巻であろう。これは古鼠の権頭《ごんのかみ》が畜生の身に生まれたことを悔やみ、人間の娘と結婚することを清水寺の観音に祈誓し、その仲介を得て恋文を交わし、めでたく結婚する。もちろん権頭は人間の姿に変化し、古鼠の霊力でたいへんな金満家、派手な嫁入り行列を用意し、その台所では沢山の鼠たちが忙しく立ち働いて、

『鼠の草子』（桜井健太郎氏蔵）

料理の準備に余念がない。しかし数日後、姫君はこの邸に不審を感じ、もしかしたら自分の夫は鼠ではないかと思い、鼠を捕獲する罠《わな》をしかけると、なんと権頭が掛かり、苦悶の挙句にとうとう鼠の正体を晒してしまう。これを見た姫君はその屋敷から逃亡する。

姫君を忘れられない権頭は、陰陽師や梓巫女《あずさみこ》などに依頼して、姫君の霊を招き寄せ、帰って来てほしいと懇願するが、姫君には全くその気がなく、権頭もとうとう諦めて出家する、という内容である。

話は、人間と動物が結婚する、いわゆる異類婚姻譚、あるいは怪婚譚といわれる種類のもので、いかにも奇異に見える話であるが、遠い昔の「三輪山伝承」に見るように、蛇や狐、鰐などが人間と結ばれ、特別な能力を伝える神婚譚の系譜に繋がるものであった。時代が下り、動物との結婚は嫌悪の対象となる。

この筋の絵巻『鼠の草子』は、天理図書館をはじめ、サントリー美術館、東京国立博物館などに所蔵されているが、その絵は異類婚姻の怪異を描くというよりは、嫁入り行列や多くの鼠がたち働く台所の様子などを細かく描写していて、いわゆる「鼠の隠れ里」の豊かさを見るようで、いかにも童話的である。怪婚や出家という中世的な世界から、絵によって豊かさや楽しさが強調されるようになってきたことが窺われ、こうした楽しい絵が描かれるようになってきたのは、やはり江戸時代に入ってからのことであろう。この豊かさを強調した絵巻には本文・絵柄が殆ど同じものが複数あることから、絵草紙屋で商品として作られ販売されたものだろうと推測されている。丹波篠山の大名青山家に伝わる絵巻は、青山家へ嫁いだ姫君の持参品とされているが、これも同種の絵巻であって、嫁入りに際して購入した商品であったと思われる。

『鼠の草子』の絵巻には、この外、鼠どうしの会話が面白い桜井健太郎氏蔵の絵巻、主人公を「さたそ」とし、姫君逃亡のあと、鼠が猫と一戦を交える内容の絵巻などもある。

『鼠草紙』 お伽草子にはこれとは別に『鼠草紙』という物語がある。これは、一人で寂しく暮らす女性のもとに、ある夜、立派な侍がやって来て夫婦の契りを結ぶ。次第に家富み、女も心頼みにするが、女の飼猫が突然、男に飛びかかり、男を食い殺してしまった。男は実は鼠であった、という物語で、女は男の正体を知ったあともなお懐しく思い出すという風に描かれている。

これも怪婚譚であるが、嫌悪感よりも、どこかしみじみした哀感が漂っている。この作品の場合、大和絵風に描かれた落ち着いた絵が、そうした印象を強くしているが、その絵は前の『鼠の草子』の軽妙な絵と比べると、対照的である。

鼠に関するお伽草子作品にはこの外にも、鼠の悪事を追求する『猫の草子』、人間に飼われて曲芸を見せる『鼠の草子』(大英博物館本)、雁につかまって常盤国に行く『弥兵衛鼠』などがあり、鼠はお伽草子において人気者であった。また、いわゆる「鼠の嫁入り」の昔話が子供たちにも親しまれており、江戸時代には、鼠が嫁入りする様子を描いたもの、日本の鼠が異国の鼠と争うもの、鼠が人間に富をもたらすものなど、多くの鼠の絵本が出版され、「子供絵本は鼠から始まった」と言われるほど、鼠が活躍するようになるのである。

◉——酒茶論

乙津寺（岐阜市）

酒茶論　岐阜市鏡嶋《かがしま》、長良川沿いに乙津寺《おつしんじ》がある。臨済宗妙心寺派の寺院で、ここの第二世住持であった蘭叔《らんしゅく》玄秀が著したのが『酒茶論』である。お伽草子の一作品に数えられているが、物語というスタイルではなく、酒を愛する人と茶を愛する人とが、それぞれその理由を述べ、互いの優劣を競うというもので、論争の形式を取っている。

次に『酒茶論』の議論の様子を、見てみよう。

ある、のどかな春の午後、ある男が満開の桜の木の下に莚を敷いて酒を飲み、また、松の木の下では莫蓙に座って茶を飲む男がいた、というところから話は始まる。一方は忘憂君《ぼうゆうくん》（酒）と名乗り、もう一方は滌煩子《じょうはんし》（茶）と名乗って、酒と茶の徳を比べることになる。茶が「お釈迦様の昔、シャカツダという弟子が酒に酔って吐き、僧衣を汚したことがあり、また、ある鬼が目連に、私はどうして鬼の身になったのかと尋ねると、目連はお前が前世、人に酒を強く勧めたからだと答えている。酒には三十六失があり、仏教で飲酒は固く禁じられているぞ」と言うと、酒は怒って「お経に酒ハ甘露ノ良薬と記され、ハシノク王の妃、マリ夫人は酒を飲んで大功徳を得ている。四王天には花酒があり、阿修羅には無酒と名づけられた酒がある。お経に茶の記載はない」と応じている。

茶と酒の優劣　茶「文殊菩薩が五台山で、無着和尚と茶を喫したことがあり、真如茶、鹿苑茶というのもある。昔から仏に献じるものは茶であって酒ではない。特に禅宗では、趙州、風穴、潙山、香厳、南泉、洞山、夾山など名だたる名僧たちも茶を嗜んでいるぞ」。

酒「曇橘州（宝曇）は酒好きで酒曇と呼ばれたし、大道谷泉禅師はいつも杖に大酒瓢をぶらさげていたぞ。禅家では馬祖、黄檗も酒を愛し、白家酒、葡萄酒というものもあるぞ。お寺では般若湯と称して酒を飲んでいるではないか」。

茶「桀・紂は酒の飲み過ぎで天下を失い、義・和の二氏は身を亡ぼしているぞ」。

酒「そうではない。尭帝は酒によって仁政を敷き、孔子は酒によってその徳を四海に広めた。儀狄が酒を作り、禹王が飲まれた。杜康が酒を作れば、魏の武帝は「何を以てか我が憂いを解かん、唯、杜康が酒有り」と歌われた。清酒は聖、濁酒は賢と言われる。食後の酒を中酒というが、酔わず醒めずの「中」こそ、中庸のもとである。史記にも百薬の長と書かれている」。

茶「茶という字を分解すれば、人は草と木の間にある。お前の酒は水辺の鳥（サンズイに酉《とり》）で、これは畜類に属するものだ」。

酒「人が草木の間にあるから尊いなどというなら、樵や草刈の男も貴人であろうか。老人が茶を啜っているのは殺風景の至り、李白、杜甫は酒を愛し、遂に開元の二鳥と化したというぞ」。

茶「お前はまるで猩々が酔っ払ったみたいなことをいう。茶には鳳凰団、璧竜団というものもあるぞ。金銀、珠玉、銅鉄、土石で作る茶器は無上の宝、その一つを所持すれば天下に名が鳴り響くぞ」。

酒「ああ、卑しいぞ。風流にお金のことを論ずべきでない。酒杯にも金杯、銀杯、薬玉杯があるぞ。それにしても、四季に相応しいものは酒、春は桃李園の宴、夏は竹葉酒、秋は林間に紅葉を焼いて酒を暖め、冬は避寒に飲む。高適は「酒を飲むは飲茶に勝る」と詠んでいるぞ」。

茶「茶は四季を限らず、昼夜を問わない。古来、茶を愛する者は数多い。盧同の詠んだ茶歌は古今の絶唱、陸羽は茶経を著し、茶を売る者は羽を飾り、彼を茶神と崇めている。茶経には、茶の木の形状、茶の異名、名水、産地が詳しく記されている」。

酒「酒を賞するものに、晋の七賢八達、唐の六逸八仙などがあり、劉元石、淳于髠、元次山、欧陽修らが有名で、王績は酒経を著し、劉伯倫は酒徳頌を作っている。そこには「麹に枕し糟を敷いて、思いなく慮ることなく、その楽、陶々たり」とある。酒の徳はまことに大きい。酒にも勝れた産地があるぞ。王侯・将軍、大臣は酒を治国の策に用い、士農工商は酒を慰労の術とし、鰥寡《かんか》孤独の者は愁いを掃く帚《ほうき》とする。ただ、楚の屈原は彼ひとり醒めて追放され、宋の蘇轍は酒を飲まず不能と言われた。この二人は酒で名を落としたが、お前も追放の人か、不能の人か」。

茶「茶を好まない者は人にあらず。西斎詩話に、寿上人が栂尾の茶を得て、初めて日本の茶を飲んだと喜ばれたが、日本では栂尾の茶を第一、宇治茶がそれに次ぐ。ただ最近は宇治が第一とされている。茶を好む者を数寄者といい、宇治茶には清音があるといい、宇治茶には、無上、別儀、極無と称される茶があって、その味わいの深さは、たとえ酥酪、醍醐といえども上に立つことはない。まして酒がそれを越えることがありえようか」。

仲介者の登場　そこへ一人の男が現れ、「この平和な世に、二人の言い争いは無事の世に事を構えようというものだ。空を口とし、須弥山を舌とし、阿僧祇劫《あそうぎこう》の長期間、議論しても尽きることはあるまい。私は酒を飲み、茶も飲むぞ。

松上の雲閑かに、花の上の霞　　翁々相対して豪奢を闘はしむ
吾は言ふ、天下の両尤物《ゆうぶつ》　　酒も亦酒哉、茶も亦茶」

と。『酒茶論』はこのように酒と茶とが自らの特色を主張して、様々な由緒を開陳しているが、そのほとんどは中国の詩文、禅僧の挿話を根拠として論じているのが見て取れる。原文はすべて漢文（少し和臭味のある漢文であるが）で書かれ、決して読み易い文章ではない。さすがに禅僧の書いた文章である。中国の数多い酒の記録、茶の記録を縦横に引用して両者の討論を形づくっている。知的な遊びというべく、蘭叔の博学がしのばれる。

蘭叔という人　京都の妙心寺養徳院に、蘭叔玄秀自筆の『酒茶論』が残されているが、全文一紙に記され、末尾に「天正四載丙子暮春日　甲阜梅里子漫筆」とある。天正四年（一五七六）は、織田信長が安土城を築き、入城し、天守閣を起工した年である。織田信長は、安土城に入るまで岐阜に居城を置いており、朝倉義景や浅井長政、武田勝頼、越前や長島の一向一揆との戦いに勝利していた時期であった。蘭叔と信長が、岐阜という場所でともに同時期を過ごし、両者の間に交渉があったことも面白く思われる。

また岐阜の浄音寺に住したことのある安楽庵策伝が、後に『醒睡笑』の中で、この『酒茶論』を増補した酒茶論争の一文を載せているのも、土地柄の奇縁を感じさせる（後述）。

室町時代の茶　闘茶　織田信長が茶を愛好し、千利休を茶頭に選び、妙覚寺の茶会を催したのは天正元年のことであった。信長が茶道具の収集に努めたことはよく知られている。『酒茶論』が書かれた翌年（天正五年）、信長は松永久秀を大和信貴山城に攻めて、これを自殺させているが、このとき、信長は久秀の所持する茶器の名品の滅びるのを惜しみ、茶器を渡せばその命に代えようと伝えたが、久秀は遂に平蜘蛛の茶釜を打ち割って自殺したというエピソードも伝わっている。久秀も信長も、茶器収集に懸けた執念はすさまじく、「茶器狩り」と称されるほどの徹底ぶりであった。この時代、茶に対する関心が盛り上がり、村田珠光、武野紹鷗などによって創められた侘び茶が盛んになってきた。

室町時代の茶は室内を唐風の道具類で飾った贅沢な遊興の場で行われ、佐々木道誉などバサラ大名が主導したが、一方で闘茶が盛んに行われた。これは産地の異なる茶を飲み比べて、栂尾《とがのお》で採れた本茶とそれ以外の非茶を飲み当てるゲームであったが、その勝者にはたくさんの高価な賭け物が贈られた。賞品めあてのそうした茶会が各地で頻繁に行われ、中には財産を無くしたり、自殺者も出る例もあった、こうした乱雑な茶の流行の中から、静かに茶を喫し、心を澄ませる飲み方が求められてきた。侘び茶と呼ばれる流儀で、その流れは、やがて千利休によって大成されることになる。

蘭叔の『酒茶論』は、こうした、人々の茶に対する関心が高まっていた風潮を受けて著されたものと言えるが、残念ながら、叙述の重点は中国の茶書、茶人にあり、当時の、日本の茶に関する記事は少ない。わずかに栂尾の茶、宇治の茶を論ずる程度である。ただ、宇治茶については「近代茶を好む者、宇治をもって第一と為す」と述べて、従来、本茶と称されてきた栂尾の茶を凌駕する品質を備えてきたことを伝え、「宇治茶に至りて清音あり、余は皆濁音」と、その清涼な味わいを高く評価している。無上、別義、極無は、宇治茶の最高級品の名前であるが、「醍醐味」のなどの言葉で知られる、美味なるものの代表である醍醐（バター、ヨーグルトの類）よりも上だとした指摘は面白い。

その後の『酒茶論』　茶の歴史、酒の効能など、酒・茶に関する該博な知識を詰め込んだ『酒茶論』は、単なる禅僧の喫茶趣味の記録であることを越えて、多くの人々の関心を引きつけた。落語の祖とも称される笑話集『醒睡笑』（安楽庵策伝の著）は、この『酒茶論』をもとに、酒と茶の議論をさらに詳しく書き直している。そして議論の終わりに、

めでたやな下戸の立てたる倉もなし上戸の倉も立ちはせねども
世の中に酒飲む人は見てぞよきえ飲まぬ人もにくしとは見ず

という狂歌を挙げている。

また同じころ、『酒茶論・別本』も作られた。これは茶と酒がそれぞれ軍勢を催し、宇治川を挟んで戦いを始めるが、魚・鳥の仲介で和睦するというもの。内容は滑稽な軍記物語であるが、日本の茶道に関する知識を多く載せていて貴重である。

江戸時代も後期、天保十二年（一八四一）、『(和漢両泉　睡覚風雅) 酒茶問答』という小型の本が京都で出版された。作者は三五園主人月麿。内容は、ある春の午後、忘憂子（酒）と、清風子（茶）とが出会い、それぞれ酒と茶の徳を論ずるもので、蘭叔の『酒茶論』を下敷きにして内容を書き足したもので、読み易いように和文で記されている。和漢の故事はおおよそ『酒茶論』

『酒茶問答』挿絵

に見られる例を踏襲しているが、中には、

汝しらずや、和蘭既に葡萄をもつて酒を造る。其名をウヱインといふ。豆をもつて茶を製す、其名をカウヘイといふ。万国酒あるときは、万国茶あり。

とワインやコーヒーに触れた部分があり、また、忘憂子が一休禅師の「極楽はいづくのほどと思ひしに杉葉たてたる又六が門」の歌を引いたのに対し、

これ一休一時の戯歌なり。和尚の本心は茶にあり。此故に南都星明寺の僧、珠光《しゆくはう》はじめて点茶《てんさ》を製して、一休に参問す。休これを証明して曰、茶は心眼を覚《さま》して大に吾宗禅定《ぜんぢやう》の一助なりと。よつて秘重せし宋国径山《きんざん》虚堂《きどう》禅師の墨蹟を珠光に与ふ。これ我朝に専ら点茶をもちゆる中興なり。

と、侘び茶の始原に言及した部分などがある。芭蕉の「ほととぎす得たり新茶の目覚時」をはじめ、発句に詠まれた酒・茶を論じ、また清風子が茶の産地として「近江の越渓、信楽、政所、おなじく土山の曙、美濃の虎渓、養老、尾張の内津、駿河の芦久保、伊勢の河上、伊賀の服部」などの名を挙げているのも興味深い。茶・酒の論争にケリを付けるのは、ここでも第三者の一閑人で、最後に三人は、「虎渓の三笑」の三賢人よろしく、大いに笑って帰ったというところで終っている。

〔三重県〕

●——立烏帽子

滋賀県と三重県の県境には険峻な鈴鹿峠がある。今は国道一号線の道路が整備されて、車でなら容易に越えることが出来るが、往時は旅人を悩ませた難所であった。旧東海道を往還する人々、あるいは伊勢神宮に参詣する人々などがこの険峻な山道を越えたのであるが、この鈴鹿峠には古くから、旅人を襲う盗賊がいたという伝承が残されている。しかもその賊は女性で、名を立烏帽《たてえぼ》子《し》といったという。

まず『立烏帽子』と題されたお伽草子の話を掲げよう。

近江国の鈴鹿山に、立烏帽子という大化生のものがいた。女人であった。ここを通る人々の命を取り財宝を奪ったので、朝廷への貢物も届かなくなり、院は坂上朝臣田村五郎利成にその退治を命じた。利成が険しい鈴鹿山に来てみると、大きな池が見え、遠くの島に館が建てられていた。そこが立烏帽子の棲みかであったが、橋も船もなく、利成には渡る手段がない。利成は蟇目《ひきめ》の矢の中に手紙を入れて弓で射こむと、島の方からも射返してきた。その文によれば、立烏帽子は、陸奥国のきりはた山に棲む阿黒王《あくろおう》という盗賊と夫婦なのであった。ある日、島から飛んで来た鳥が一通の文を落とす。開いてみると、「私は世を守る気持があります。我が夫、阿黒王を殺して

『庭訓往来抄』蟇目の項

蟇目等無沙汰憚入候

下さい。彼が死んだら朝廷にも従い、あなたの妻ともなりましょう」と書いてある。

両者は、その後も蟇目の矢で文を交わすうち、立烏帽子は自分が持っている「仁対玉《にんたいぎょく》」という、こちらが語ったことをそのまま、遠く離れた相手に語るという明珠を飛ばせて来て、「明日の朝、阿黒王が池の水辺に立つ。それを射殺せ」と伝えた。果たして翌朝、阿黒王が水辺に立ったので、利成は「神通の鏑矢《かぶらや》」を射ると、あやまたず阿黒王の肝を射抜き、阿黒王は絶命した。立烏帽子は池を飛び越えて利成のもとに来ると、利成を自らの館に伴ない、夫婦の契りを結んだ。利成が用いた蟇目の矢を、このことから「引妻《ひきめ》」というようになった、という内容である。

この物語を載せた本は明治三十四年の萩野由之編『新編御伽草子』に活字化されただけで、実のところ確かな本文は知られていない。ただ、これとほとんど同じ本文が、近世初期に刊行された『庭訓往来抄』という注釈書に記されていて、萩野さんが使用された本文は、この『庭訓往来抄』から抄出されたものではなかったかと思われる。江戸時代の始め、謡曲の難解な言葉について解説した『謡曲拾葉抄』にもこの話が引かれている。この話は中世・近世、往来物として広く使用された『庭訓往来』の中、「蟇目」という語を説明した、一種の語源由来譚である。

蟇目というのは、矢の先端に取り付ける鏃《やじり》の一種で、朴《ほお》の木あるいは桐の木で作り、その中心部を中空にしたもの。長さは一〇〜三〇センチメートルと長く、空を飛ぶときは高く鳴り響く。犬追物や笠懸などの武芸に用いられ、また魔物を退け邪気を払うためにも用いられた。蟇目は立烏帽子の「引妻《ひきめ》」から来たとするのは、やや強引な説のような気がするが、女賊、立烏帽子が登場してくるのは面白い。

鈴鹿山の盗賊　鈴鹿山に盗賊がいたことは、ずいぶん古くから記録されている。平安時代後期『今昔物語集』巻二十九、三十六話には、京と伊勢国の間を往還していた水銀商の男が、馬に荷を積んで鈴鹿山を通りかかったところ、盗賊が現れてその荷を奪った。ところが男は慌てることなく口笛を高く吹いた。すると遥か彼方から雲のようなものがやって来る。近くで見るとそれは蜂の大群で、蜂たちは盗賊のところへ飛び行き、さんざんに刺した。盗賊たちが逃げ出したあと、男は奪われた荷はもちろん盗賊の財物をも手に入れた。男はこういうときのために、日頃から蜂に酒を与えるなど大切に飼っていたのであった、という話を載せている。

続いて『保元物語』中巻は、鈴鹿山の盗賊の名を立烏帽子と記している。「鈴鹿山の立烏帽子搦め取つて、帝王の見参に入れたりし山田の庄司行秀」という記述からは、これは男の盗賊であるらしい。また『平家物語』巻十一には「伊勢の鈴鹿山にて山賊《やまだち》して、妻子をもやしなひ」という一文もある。

それが鎌倉時代中期の『古今著聞集』巻十二になると、「昔こそ、鈴鹿山の女盗人とて言ひ伝へたるに」とあるように、鈴鹿山の盗賊が女であったことを初めて明示している。女盗賊、立烏帽子の原型は、このころに成立したのであろうと思われる。

さらに室町時代になると、

・時の武将、田村の将軍に是《これ》（大原五郎太夫安綱が鍛えた刀）を奉る。此れは鈴鹿の御前、田村将軍と、鈴鹿山にて剣合《つるぎあ》わせの剣、是也。其の後、田村丸、伊勢大神宮へ参詣の時、大宮（伊勢神宮）より夢の告げを以て御所望有りて、御殿に納めらる。（『太平記』巻三十二）

・むかし鈴鹿姫、勇力にほこりて、この国をわづらはしき。田村丸に勅して誅罰せられしに、鈴鹿姫、いくさ敗れて、着たりける立烏帽子を山に投げあげける。石となりて今もあり。ふもとに社をたてて、巫女などこれを祭るなり。（『耕雲紀行』応永二十六年）

・鈴鹿姫と申す小社の前に、人々祓などし侍るなれば、しばし立よりて、心の中の法楽ばかりに、彼たてゐぼしの名石の根源もふしぎにおぼえ侍て、

すずかひめおもき罪をばあらためてかたみの石も袖となるなり

（『室町殿伊勢参宮記』応永三十一年）

などとあり、坂上田村丸と鈴鹿御前との争闘、あるいは鈴鹿姫が社に祭られていたこと、立烏帽子が石に化していたことなどが知られる。これらの記事からは、立烏帽子が鈴鹿御前という名前に変わっていくことが注目され、鈴鹿山に蟠居し悪事をなした者が女であったことがいよいよ明確になって来る。

田村丸の伝承　坂上田村麻呂は平安時代初期、征東将軍として東北地方の馴致に功を立てた有

名な武人である。また清水寺の田村堂創建の人であることもよく知られている。そうした田村丸に関しては古くからさまざまな賊盗征伐の伝承が伝えられているが、特に東北の謀反人高丸《たかまる》、達谷窟に巣食う悪路王《あくろおう》退治の話は、その最たるものといえよう。田村丸についての記録には『日本後記』『清水寺縁起』『吾妻鏡』などがあり、また文学作品では『立烏帽子』の外にも、謡曲『田村』、お伽草子『田村の草子』(鈴鹿の草子)、奥浄瑠璃『三代田村』、近松門左衛門の浄瑠璃『田村将軍初観音』などがあるが、これらに見える田村丸像はさまざまに潤色され、史実と異なる話が錯綜し、単純な筋はたどりにくい。

田村丸と鈴鹿山との関わりは、右に見た『太平記』あたりが古いところで、確かな記録は見出し難い。江戸時代の井沢長秀『広益俗説弁』は、弘仁元年(八一〇)の薬子《くすこ》の変の際、嵯峨天皇の命を受けた田村丸が、鈴鹿に関を構えて先帝方に勝利したという『加茂太神宮記』の記事を引き、これを「奥州の高丸、悪路王等の賊徒を誅せしに取り合はせて妄作せしものか」と述べている。

なお、『立烏帽子』では、坂上朝臣田村五郎利成となっているが、これは坂上田村麻呂と藤原の利仁という二人の将軍の名を合成したようで、いささか奇妙である。

男装の遊女　白拍子　ところで女はなぜ立烏帽子《たてえぼし》と呼ばれるのであろうか。「立烏帽子」というのは、折烏帽子に対して、まっすぐに立った烏帽子で、平安時代の貴族などが多く着用した。もともと烏帽子は成年の男子がかぶるもので、女性や子供はかぶらない。また武士階級は風折り烏帽子や侍烏帽子を主にかぶった。鈴鹿山の女盗が「立烏帽子」と呼ばれているのは、男装を意

北斎の描く白拍子
(『初摺北斎漫画』、小学館)

味するもので、そこには妖しい情緒が漂う。

『今昔物語集』巻二十九、第三話「人に知られざりし女盗人の語」には、男を誘惑して盗賊の仲間に引き入れた美しい女性が描かれ、その女が四、五十人ほどの盗賊集団を統率していたらしいという不思議な話を載せている。押し入りを働こうと集団が集まったとき、松明の明かりでちらと見た首領の横顔が、我が妻に似ていたと、誘惑された男が述懐する話である。小柄で色白の女が荒くれ者の盗賊どもを支配しているというギャップが、性倒錯の官能を刺激して、彼女をいっそう魅惑的にしている。

そういう男装の魅力を発揮したものが白拍子であった。平安末から鎌倉時代、若い女性が水干《すいかん》、立烏帽子に白鞘巻《しろさやまき》を着け、男の姿をして舞を舞った「白拍子」の姿が重なる。彼女たちは男性たちの視線を浴びて、今様などの歌謡を歌いながら舞った遊女で、平清盛が祇王、祇女という姉妹の白拍子を愛し、源義経が静御前という、当時有名な白拍子を愛したことはよく知られている。立烏帽子が盗賊という悪人でありながら、どこか憎めないのは、こうしたコケティッシュな魅力を漂わせているからであろう。

女の裏切り　次に彼女の阿黒王に対する裏切りについて見てみよう。

立烏帽子は、東北地方にいた凶賊、阿黒王と夫婦であった。

彼女もまた、鈴鹿山中で人を殺め、財物を奪う悪党であったから、その時点では似合いの夫婦であったと言えよう。しかし、利成が征伐に来たと知ると、彼女は「夫を殺してほしい。そうすれば私はあなたと契りをこめよう」と申し出る。一見、不可解な行動と言わざるえないが、彼女にそう言わせたのは、恐らく、彼女が阿黒王と意思に反して結ばれていたというような事情が背後にあるものと推測され、夫である阿黒王からの離脱を、日頃、強く願っていたからであろう。盗賊の所業も、実は阿黒王に強制されていたものかも知れない。

あるいはまた、利成の背後にある王威、つまり天皇には抵抗すべきではないと考える順化の思想があったとも受け取れる。謡曲『田村』などは、そうした天皇に服従する王化の論理を強調して構成された作品である。

さて、阿黒王は、妻の裏切りによって、あえなく生命を失った。男が最も信頼を寄せる妻が夫を裏切り、夫の暗殺に加担するのは尋常でない。夫が王威にまつろわぬ反逆者であるから、これを殺してもよいという理屈は、妻という立場からは成り立たない。さらにそうした大義さえ持たない、単なる私的な理由によるものであるとしても、やはり道義的に許されるものではない。それにもかかわらず、幾つかのお伽草子作品には、妻の裏切りというテーマが描かれる。

『俵藤太物語』では、俵藤太秀郷が平将門を討とうとするが、将門は鋼鉄の不死身の身体、また、いつも七人の姿で現れるので、困難を極める。秀郷は、将門が夜毎に通う小宰相と親しむと、彼女から将門の秘密を聞き出し、身体の中で唯一の弱点、こめかみを弓で射て、将門を殺すことに成功している。また、『あきみち』という作品では、父親を盗賊金山に殺されたあきみちが復讐を誓うが、警戒厳重な金山を討つことができない。苦渋の決断で、妻を京の遊女に仕立て、金山に近づける。年月を経て子供が生まれるが金山はなお妻に寝所を明かさない。しかし、ようやく秘密の寝所を知った妻は、金山の留守中、夫あきみちを招き入れ、仇を討たせた。妻は出家し、あきみちも家を金山との間に生まれた子に譲り、出家したというものである。このように、強敵のもとに女性を送り込んで男の弱点を探りだそうとしたものに、『八《や》ツあたのし大』という作品もあり、ここでは貨狄が逆臣の蚩尤《しゆう》を倒している。

女性不信の儒教的教訓　『あきみち』という作品は、親の仇を取るために妻の貞操を犠牲にするという重い主題を取り上げている。親の敵討ちが重視されるべきか、妻の貞操を守るべきか、いずれも人間としてきわめて大事な道徳律であるが、敵討ちを優先したあきみちの決断に全幅の支持を寄せられるかどうか悩ましい。あきみちの妻も最初はその提案を強く拒否する。しかし、一旦、その提案を受け入れたあとは、金山との間に子供がうまれても、心揺るぐことなく、全身全霊あきみちのために知恵と努力を傾注する、金山を欺き通し、自己犠牲に徹し、献身的に夫に尽くす。「賢女は二夫に事《つか》へず」（史記・田単伝）といわれた女性の責務に対して、あきみちの妻は完璧に任務をこなしている。夫に対して恨み言もいわず、こと成就した暁には、自らの人生を思い切り出家する。悪人といえども自らが騙し、その生命を奪うことになった罪を悔い、出家後はひたすら金山の菩提を弔う。

　女性にとって最大の徳目である貞操を犠牲にしても、父、夫に絶対服従する美徳は、苦渋に満ち、容易に肯定することができない。しかし、あきみちの妻は、敵討ちを優先する夫の熱意にほだされて、あえて我が身が犠牲になる道を選ぶ。敵討ちを選択した夫の意志に従い、逆に自らを犠牲にする女の生き方は、徳川幕府による文治政策として武士、庶民にも強く押し付けられた儒教道徳の影を色濃く反映している。『あきみち』の作者は、其の徳目の相克を描いて見せているのであるが、そこには女の男への従属という観念もひそんでいることも見逃せない。

女性への警戒　鈴鹿の立烏帽子も、『あきみち』の妻も、『俵藤太』の小宰相も、夫、愛人である男の弱点を語って男を滅亡させている。『あきみち』の妻は、あきみちからすれば賢女であるが、彼女を愛し信用した金山からすれば、自らを裏切った、全く信用するに足りない存在と言い得よう。立烏帽子に裏切られた阿黒王もまた、最後に「女に油断するな」と絶叫したことであろう。絶望的な不信感が渦巻いている。

「七人の子をなすとも女に心ゆるすな」という諺もある。これは中国の『詩経』邶風《はいふう》・凱風の序「衛之淫風流行、雖下有二七子一之母上、猶不レ能レ安二其室一」とあるのが源とされているが、室町時代の幸若『鎌田』などにも見えている諺で、女性を一人前の人格と認めないのはもちろん、夫婦であってさえも妻に警戒を怠らない、荒涼とした人間関係をかいま見せる。一体、夫婦とは何なのかと反論したくなるが、さらに江戸時代に至れば、この諺はもっと頻繁に使用されるようになっていくのである。

『田村の草子』　このように鈴鹿山の女盗について見てきたところで、この伝承を物語として広めた『田村の草子』について、次に見て行こう。

お伽草子『田村の草子』（『鈴鹿の草子』）の物語は、武人として活躍する藤原俊祐・俊仁・俊宗（田村丸）三代にわたって、鬼神、怪物を退治する物語である。陸奥国の阿黒王、鈴鹿山の大嶽丸、信濃、駿河へ逃亡する高丸など、王威に従わず悪逆をこととする強力な鬼神を、伝来の武器、女性の協力、神仏の加護といった力を得て、次々に征伐していく苦難の物語である。物語の中心ともいうべき鈴鹿山の鬼神が登場してくるのは、後半の俊宗の代で、そこには協力者としての鈴鹿御前も登場する。

『田村の草子』の下巻のあらすじを、古活字本の本文によって挙げておこう。

伊勢国鈴鹿山に大嶽丸という鬼神がおり、人々を襲い、都への貢物を奪ったので、俊宗に退治の命が下る。ただちに鈴鹿へ向かった俊宗であったが、さまざまな妖術で抵抗され、攻めることができない。この山には鈴鹿御前という天女が天下っていて、大嶽丸が好意を寄せていた。この鈴鹿御前と懇意になった俊宗は、彼女が大嶽丸をおびき出し、この鬼神が所持する霊剣をだまし取るという協力を得て、大嶽丸の首を討ち取った。

俊宗は鈴鹿御前と夫婦になり姫も生まれるが、俊宗が都へ帰るにあたり、鈴鹿御前は「我はこの山の守護神となろう」と言って、生まれた姫とともにこの地に留まった。そして再び在京していた俊宗に、近江国の高丸退治の命が下る。俊宗が高丸の城を攻めると、高丸は信濃、駿河へと逃げ、さらに外の浜の海上に城を築いて抵抗した。苦戦した俊宗が鈴鹿御前に事情を告げると、彼女は天から星、菩薩を呼び下ろし、美しく舞い踊らせた。高丸の娘たちがこれに気を許して門を開けたとき、高丸の姿がわずかに見えた。俊宗がそれを狙って矢を射込んだ。矢は「雷の如くに鳴り渡り、高丸が眉間を射砕き、腰骨かけて後ろなる石に貫かれける」という有様であった。

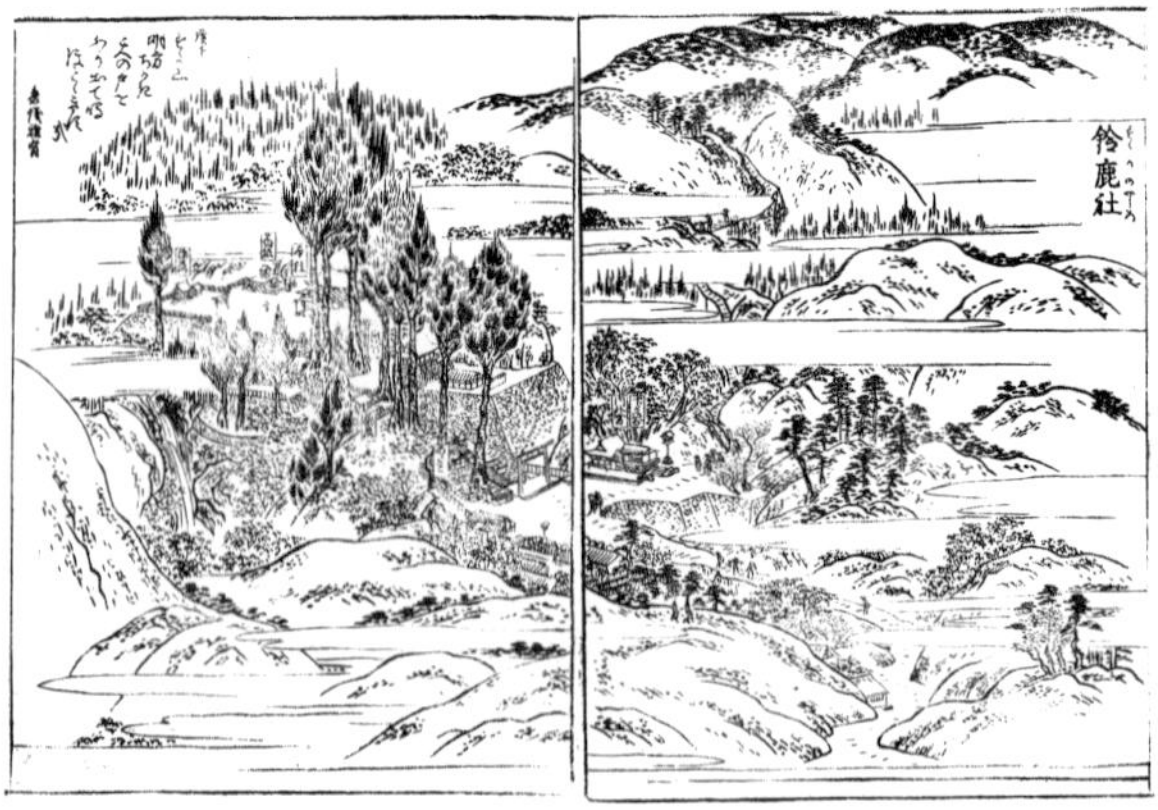

鈴鹿社
（『東海道名所図会』）

さらに続いて俊宗は、死んだ大嶽丸が蘇ったというので、陸奥国桐山へ鈴鹿御前とともに退治に赴いた。俊宗と大嶽丸が向かい合い、同時に両者が飛びかかったとき、俊宗は空中で大嶽丸の首を切りつけた。胴体と切り離された大嶽丸の首は天に舞い上がると、俊宗の頭にはげしく噛みついた。実は俊宗は、鈴鹿御前の忠告に従って鎧・兜を二重に着ていたので助かり、大嶽丸はその兜に噛みついたまま死に絶えた。

妻、鈴鹿御前が死んだあと、俊宗は冥土に赴いて十王に迫り、妻の蘇生を談判して生き還らせた。俊宗は観音、鈴鹿御前は竹生島の弁財天の化身であった。

鈴鹿・片山神社　鈴鹿御前の伝承は、古く語り伝えられた鈴鹿山の盗賊が、やがて女の盗賊に変容し、立烏帽子・鈴鹿御前の名が付けられてゆく。そして次第に凶悪な盗賊のイメージから遊離し、田村丸の愛人、協力者へと変貌してゆく。女性としての美質を発揮しはじめた彼女は、さらに鈴鹿山の地主神である鈴鹿媛《ひめ》と一体化し、神格化されていったものと思われる。

鈴鹿御前と呼ばれる女性の正体は判然としない。女盗賊、田村の協力者、巫女、鈴鹿山を守護する女神、等々、多様な顔を見せているが、また、その謎めいた存在が魅力でもあるのだろう。

江戸時代の『東海道名所図会』に描かれた「鈴鹿社」（片山神社）には、本殿の方に向かう鳥居、石垣の傍らに「鈴鹿御前社」が描き込まれている。この小さな祠が鈴鹿山の守護神になろうと誓った鈴鹿御前を祭ったところであろう。片山神社は鈴鹿山中、旧東海道の山道の傍らに鎮座する。『延喜式』神名帳に載る式内社で、古い由緒をもつ神社であるが、平成十一年火災に遭って社殿のほとんどを失った。今も残る高く積まれた石段、石垣は往時の信仰の大きさをしのばせる。

〔滋賀県〕

◉──ふくろうの草子

この作品は従来のお伽草子研究で、ほとんど取り上げられることのなかった作品である。というのも、つい最近、石川透氏が報告されるまで、誰も知らない作品であったからである。天理図書館に蔵される『落窪物語抄本』の中に含まれているもので、成立については何も分からないが、梟を主人公とした素朴な物語は室町時代末期の雰囲気を漂わせ、お伽草子作品であることを強く感じさせる。物語のあらすじはこうである。

近江国浅井郡の田根《たね》庄木尾《きのお》というところに、梟のむくの介則次《のりつぐ》が住んでいた。花見の折、則次は五位鷺の少将をみそめた。則次はいったん自分の塒《ねぐら》に戻ったが、彼女を忘れられず、ただ呆然とするばかり、時には山ガラスに笑われる有様。則次は近くの醍醐の薬師に参り祈誓していると、一羽の白鷺がやって来る。聞けば少将に仕える侍従という白鷺である。則次は仏の導きと喜び、彼女に自らの心中を打ち明けると、侍従も、「実は少将も花見の折にみかけたあなたのことを思い出して、恥ずかしいなどとおっしゃっています」などと話したので、則次は、

よそに見し花のおもかげ晴れずのみ心にかかる折々ぞ憂き

という歌を詠み、侍従に託した。

邸へ戻った侍従は、少将に事情を話し則次の文を渡そうとするが、少将は顔を赤めて受け取らない。則次は再度、

　ふみ見ずは甲斐やあらんと神代よりちぎり定めし天の橋立

と詠み、雀の八千代を頼んで少将に贈った。

少将は、侍従・八千代に勧められて、

　頼まじな立居る雲のあたにのみ心さだめぬ花の迷ひは

と詠み返す。男の浮気な恋は信用できないという気持である。

この返事を受け取った則次は非常に喜び、この後も言い寄り、とうとう彼女と結婚することになった。吉日に則次が少将のもとを訪れ「ほうほう」と声を上げると、少将はすっかり嫌気がさすが、夫婦となって日数を経るうち、子梟が誕生した。

梟
(『頭書増補訓蒙図彙』)

梟、あまりの嬉しさに、目も離さずながめつつ、後の方にて遊びけるを、あまりに見送りける程に、首はくるくる回るとかや。子梟はほうほうと甘えければ、母の少将はぎやあぎやあとぞ、すかし育てける。

という有様で、夫婦の仲も切れずに続いた。これを見たカラスは、

　梟のふく楽しげなる有様は笑ふ烏《からす》のことわりぞかし

とからかうと、梟は、

夏からす何にかさほど酔ひぬらん口空きゐたるさまの汚き

と切り返す。妻の五位鷺も一首を詠む。

隼《はやぶさ》のなき世なりせばいかばかり恋の心ののどけからまし

また、白鷺の侍従も一首。

ねらふべき泥鰌《どじょう》も見えぬ海口に蓑毛《みのげ》さへ立つ雪の白鷺

続いて雀の八千代の歌。

雪は降れ賎が垣根の村雀ほろひい姿あはれとも見よ

物語はここで終っている。物語としては、劇的な展開があるわけでもなく、梟と鷺の恋と夫婦生活、子育てなどが描かれるだけで、非常に単純《シンプル》である。それにもかかわらず、この作品が楽しいのは、文中、様々なところに見かけるユーモラスな記述である。次に、少々解説を加えてみよう。

田根庄、木尾　物語の舞台は近江国の田根庄木尾となっている。この地は琵琶湖の北東岸、かつて浅井長政や信長の妹、お市の方が住んだ小谷城の近く、その麓といってよいような所である。それほど有名でもない場所がなぜ選ばれたのかは分からないが、想像をたくましくすれば、小谷城の近辺に住み、地元の地理にも明るい人がいて、この物語を戯れに書き記したのであろう。物語には、主人公の梟が住んでいる木尾の「むしは山」、梟が祈誓する「醍醐の薬師」、鷺が住んでいる「こうせん寺」などの地名が見えており、このうち「醍醐」は木尾の近くにある集落であり醍醐寺という古刹も現存している。

動物たちのユーモア　こうした鳥や獣が主人公となる異類物の物語では、彼らの生態が描写されるのも見所の一つである。『ふくろうの草子』の主人公の名は、梟むくの介則次《のりつぐ》。「むくの介」は宮中の、木工寮の次官をいう官職。木工介《もくのすけ》と言わず木工介《むくのすけ》と名乗っているところに、梟の丸っこく羽毛に覆われたその体形が想像されるというものだろう。また「則次」であるが、これは梟の鳴き声が「のりつけ、ほーほー」というのによっている。梟の鳴き声については様々な言い方があるが、例えば「ほーほー、のりすりおけ」と聞こえるときは翌日が晴天で洗濯するのによい日とされ、また「ほーほー、のりとりおけ」と聞こえるときは、翌日が雨であるとされる。洗濯糊の準備を予告し、翌日の天気を知らせているのだという。梟を主人公にするに当って、作者は梟の生態に、少なからぬ関心を寄せていたと言えそうである。

同様に、梟が五位鷺に恋してボーッとなっているところを、山ガラスに笑われ、梟が腹を立てるという描写がある。何の変哲もない描写のように見えるが、実は梟という鳥は明るい昼間は目が見えない。日頃、猛禽である梟におびえているカラスが、日中に梟を見つければ、好機到来とばかり動けない梟を攻撃する。お伽草子の雄編『鴉鷺《あろ》合戦物語』でも、梟がカラスに、

ここに梟の云く、「我らが躰、かりそめにも白昼にたち渡れば、烏、希代の不思議を見つけたる様に、集まりわめき、叫び笑い、心得がたし……」

と、カラスの心ない仕打ちを非難しているし、『十本扇』にも、貧相な姿を「ふくろうの、からすに笑はれたるやうにて」と喩えている。日中、カラスが声をあげて梟を攻撃する習性を、ここでは梟の恋を笑うということに置き換えているのである。

文末に見えるカラスの和歌が、

梟の福たのしげなる有様は笑ふ鳥のことわりぞかし

であるのも、「カラス、梟を笑う」の言葉を効かせたもので、子供に恵まれた梟夫婦の豊かさを、「笑う門には福来たる」の諺どおり、カラスが笑ったからだ、とこじつけて詠んでいるのである。

また、子梟が生まれたとき、則次は子を愛して、

ふくろう、あまりの嬉しさに、目も離さず眺めつつ、後ろの方にて遊びけるを、あまりに見送りけるほどに、首はくるくる回りける。

という面白い様子が描かれている。梟は身体を動かさず、首だけが左右一八〇度回転する。両方あわせれば三六〇度、つまり梟の首は一回転することになる。真後ろに首が回る梟の奇妙な姿を、「くるくる回りける」と描いたのである。

妻女の不満　梟から恋文を届けられた五位鷺の少将の様子は、

少将、顔うち赤めて「さやうの人の言の花、誠と誰れか夕煙、あだに靡かば秋風の、空に立つ名をいかがせん、文をば主に返せ」とて、手に触れしさへつらげにて、障子引き立て入りければ、磯辺に寄する（白）波の、うち返さるる玉梓を、

と、七五調の掛け言葉を用いた美文で記されている。いかにも教養深い、しとやかな女性を思わせる。理想的な結婚を夢見る女性であった。しかし、いざ結婚して、初めて梟に会ってみると、期待したのとはずいぶん違ってがっかりする。

少将は、声うち聞くより、「あさましや、同じ生を請くるならば、優しき人とも契らずして、姿がら声がら、人々しくもなくして、空の気色も晴れぬれば、「糊つけ糊つけ」との給ふも、

下衆《げす》しくたえ《(い)》だえ《(い)》しく」も思へども、

という有様で、洗濯物に糊つけと指示する下衆っぽさ。そうでなくても『源氏物語』に「けうとき梟の声」（夕顔）とも記されているように、梟の声は闇夜にどこまでも響く無気味な声であった。彼女の落胆は目に見えるようである。この時代の結婚は、必ずしも相手の顔を見た上で婚儀に至るものでもなく、お伽草子の『初瀬物語』や『おようの尼』では、予想していた相手と全く違っていたことによる悲喜劇が描かれている。少将もその例に洩れない。

しかし、五位鷺の少将は、諦めて結婚を受け入れ、藤の花、ほととぎすの訪れといった山家の生活に慰められて暮らすうち、子梟が生まれた。母となった五位鷺は、

子梟は、「ほうほう」と甘えければ、母の少将は「ぎやあぎやあ」とぞ、すかし育てける。

と、子育てに熱中する母親に変貌してゆくのである。水辺にすっくと長い首を伸ばす鷺の姿は、どことなく優雅な暮らしを予想させるにもかかわらず、子育てに埋没する。そして夫の梟に不満を感じながらも親子水いらずの平凡な生活に落ち着いている。

『ふくろふ』 梟を扱ったお伽草子には、これとは別に『ふくろふ』という作品がある。こちらの物語は、

加賀国亀割坂のふもとに八十三歳の老梟が住んでいた。あねは山で琴を弾いていたうそ（鷽）姫をみそめ、山雀を頼んで恋文を届けてもらう。うそ姫から返事が来るが、謎々の言葉で記されており、梟は意味が分からない。夢の中に山の薬師が現れ、謎を解いてくれる。梟とうそ姫は夜、阿弥陀堂で逢い、契りを結ぶ。これを知った鳥や白鷺、四十雀、鶚、鶴などの諸鳥が、二人に和

歌を送った。ところが、以前からうそ姫を恋していた鷲がこれを聞いて怒り、梟を殺しに鷹をつかわした。折しも梟は留守であったため、うそ姫を殺してしまった。梟は深く悲しみ、僧となって高野山に上った、という内容である。

梟がうそ姫と結ばれ、諸鳥が和歌を寄せるまでの前半部分は、『ふくろうの草子』とよく似た構成であるが、鷲がうそ姫を殺すことや梟が出家するなどの後半部は、まったく相違する。石川透氏は、『ふくろふ』という作品は、この素朴な『ふくろうの草子』をもとに作られたのではないかと推量されている。

主要参考文献

〔お伽草子全般〕

市古貞次『中世小説の研究』（東京大学出版会、一九五五）

徳田和夫編『お伽草子事典』（東京堂出版、二〇〇二）

〔本文〕

①『室町時代物語大成』一〜十五（角川書店、一九七三〜八八）

お伽草子のほとんどの作品を含む。五十音順に配列。翻刻のみの本文。

②日本古典文学大系『御伽草子集』（岩波書店、一九九一）

版本の御伽草子二十三編と、「秋の夜の長物語」「熊野の本地」「あきみち」などを収録。

③日本古典文学全集『御伽草子集』（小学館、昭四十九）

版本の御伽草子二十三編と「鼠の草子」「瓜姫物語」などを収録。

④新潮日本古典集成『御伽草子集』（新潮社、昭五十五）

「浄瑠璃十二段草紙」「小男の草子」「俵藤太物語」「諏訪の本地」「弥兵衛鼠絵巻」などを収録。挿絵も掲出。

⑤新日本古典文学大系『室町物語集』上・下（岩波書店、一九八九〜九二）

「あしびき」「鴉鷺合戦物語」「伊吹童子」「西行」「しぐれ」「猿の草子」「毘沙門の本地」などを収録。挿絵も掲出。

⑥新編日本古典文学全集『室町時代物語草子集』（小学館、二〇〇二）

〔本文と研究〕

浅間の本地（『お伽草子』貴重本刊行会、二〇〇〇）

※筑土鈴寛「神・人・物語」（『筑土鈴寛著作集』一、せりか書房、一九七六）

富士の人穴の草子（本文①）

十本扇（本文①、『室町物語集』日本古典文学会、平二）

※安原真琴『扇の草子の研究』、ペリカン社、二〇〇三）
ねごと草（『仮名草子集』下、朝日新聞社、昭三十五）
※複製『ねごと草』（稀書複製会、昭十二）
※岸得蔵『仮名草子と西鶴』（成文堂、一九七四）
浄瑠璃十二段草子（本文①⑤、『古浄瑠璃　説経集』岩波書店、一九九九）
※複製『十二段草子』大東急記念文庫善本叢刊別巻、昭五十二）
※室木弥太郎『語り物（舞・説経・古浄瑠璃）の研究』風間書房、昭四十五）
うばかわ（『名古屋叢書』正編十四、『新註室町物語集』勉誠社、一九八九）
東勝寺鼠物語（『京都大学蔵むろまちものがたり』5、臨川書店、平十四）
酒茶論（本文①、『茶道古典全集』二、淡交新社、昭三十三。近世文学資料類従『仁勢物語、酒茶論ほか』勉誠社、昭五十二）
※渡辺守邦『仮名草子の基底』（勉誠社、一九八六）
立烏帽子（『新編御伽草子』誠之堂書店、明三十四）
ふくろうの草子（石川透「天理図書館蔵『ふくろうのさうし』解題・翻刻」）（「三田国文」九、昭和六十三・六）

〔付記〕写真の掲載を許可された関係各機関に感謝いたします。

【著者紹介】

沢井　耐三（さわい　たいぞう）

1944年　福井県生まれ
1966年　金沢大学卒業
1973年　東京大学大学院博士課程単位取得
現在、愛知大学文学部教授
主な著書＝『守武千句考証』（汲古書院）、『室町物語集』上・下（共著、岩波書店）、『お伽草子』（貴重本刊行会）、『西ベルリン本御伽草子絵巻集と研究』（共著、未刊国文資料）、『米国議会図書館蔵日本古典籍目録』（共著、八木書店）、『豊橋三河のサルカニ合戦――蟹猿奇談』（あるむ）等
研究分野＝日本中世文学。連歌・俳諧・お伽草子を中心に、室町時代から江戸初期の文学について研究。

愛知大学綜合郷土研究所ブックレット ⑳

東海地方の中世物語

2011年 3 月25日　第 1 刷発行

著者＝沢井　耐三 ©

編集＝愛知大学綜合郷土研究所
〒441-8522 豊橋市町畑町1-1　Tel. 0532-47-4160

発行＝株式会社 あるむ
〒460-0012 名古屋市中区千代田3-1-12　第三記念橋ビル
Tel. 052-332-0861　Fax. 052-332-0862
http://www.arm-p.co.jp　E-mail: arm@a.email.ne.jp

印刷＝東邦印刷工業所

ISBN978-4-86333-040-5　C0395

刊行のことば

愛知大学は、戦前上海に設立された東亜同文書院大学などをベースにして、一九四六年に「国際人の養成」と「地域文化への貢献」を建学精神にかかげて開学した。その建学精神の一方の趣旨を実践するため、一九五一年に綜合郷土研究所が設立されたのである。

以来、当研究所では歴史・地理・社会・民俗・文学・自然科学などの各分野からこの地域を研究し、同時に東海地方の資史料を収集してきた。その成果は、紀要や研究叢書として発表し、あわせて資料叢書を発行したり講演会やシンポジウムなどを開催して地域文化の発展に寄与する努力をしてきた。今回、こうした事業に加え、所員の従来の研究成果をできる限りやさしい表現で解説するブックレットを発行することにした。

二十一世紀を迎えた現在、各種のマスメディアが急速に発達しつつある。しかし活字を主体とした出版物こそが、ものの本質を熟考し、またそれを社会へ訴える最適な手段であると信じている。当研究所から生まれる一冊一冊のブックレットが、読者の知的冒険心をかきたてる糧になれば幸いである。

愛知大学綜合郷土研究所